ARMANDE

E. Boutevillain-Weisrock

Armande et la légende de Siméon

Roman

© 2021 E.Boutevillain-Weisrock

Édition : BoD – Books on Demand,
12/14 rond-point des Champs-Élysées, 75008 Paris
Impression : BoD - Books on Demand,
Norderstedt, Allemagne

ISBN : 9 782322 380305
Dépôt légal : Août 2021

Tous les pays qui n'ont plus de légende

Seront condamnés à mourir du froid...

Patrice de la Tour du Pin

Quatrième Livre, La Vie recluse en poésie, La règle de la vie recluse.

Du même auteur chez BOD

Les Contes de Zattise Zeqwestchen. Illustrations Alain Catherin.

Les Contes de Zattise Zeqwestchen, L'inquisiteur. Illustrations Alain Catherin.

Nouvelles 2018.

5, rue des Aubépines, Paule, tome 1.

5, rue des Aubépines, Suzanne, tome 2.

5, rue des Aubépines, Suzy Suzette, tome 3.

Chez les éditions 12/21

Alea Jacta Est, prix Télérama Monuments Nationaux Château de Vincennes.

1

Le téléphone sonnait avec insistance. D'agacement, Jacques décrocha.

– Ah ! Tout de même, fit une voix féminine. J'ignore ce que vous faites et pourquoi, mais débarquez ici fissa. Votre congé a assez duré. J'ai besoin de vous.

– Je suis navré, mais si c'est à Armande que vous souhaitez parler, il faudra attendre.

– Et pourquoi, je vous prie ? questionna la voix habituée à être obéie.

– Parce que son mari est en train de mourir.

Brutalement, il raccrocha.

Les larmes lui vinrent aux yeux. Marin. Cinquante-six ans. Son frère. Ils étaient tous là pour ses derniers instants. Tous. Ses parents, ses six frères et sœurs et son épouse adorée : Armande. Tous se relayaient à son chevet depuis deux mois. Chacun à sa façon. Les médecins ayant prévenu que ce n'était plus qu'une question de jours, ils étaient tous venus. On ne laisse pas mourir un Dieumerci seul. Jamais.

Dieumerci. Leur patronyme. De la foutaise ! s'emporta intérieurement Jacques. Leur famille avait connu les affres de la maladie, bien sûr, comme toutes les familles. Le cancer s'était invité et avait été vaincu. Ils avaient connu la perte de leurs aînés, comme tout le monde.

Mais ça. Jamais. C'était injuste. Douloureux. Charcot. La maladie de Charcot. Quand le diagnostic était tombé, ils avaient tous cherché de quoi il s'agissait et ils avaient tous été effrayés. Puis, ils avaient tous pleuré. Ils avaient été présents pendant tout le déroulement de la maladie. Jusqu'à ce que Marin, trop diminué, leur demanda de cesser de venir. Par pudeur. Pour se préserver de leur regard. Armande, son épouse, avait pris seule le relais et informé quotidiennement la famille.

La porte s'ouvrit sur elle. Tous comprirent que c'était la fin. Ils entrèrent timides, penauds, pleurant. Jeanne, la mère de Marin, s'installa près du lit et prit la main de son fils, priant avec ferveur. Sa fille Léontine la suivit tandis que le reste de la fratrie fit cercle autour du défunt.

Tous attendirent. Marin souriait. Il sentait leur présence, leurs prières. Il n'avait pas peur. Longtemps, il avait craint l'échéance. Longtemps, il avait refusé la fin inéluctable. Non par souffrance, mais parce que mourir signifiait laisser Armande, la femme de sa vie, la prunelle de ses yeux, lui, le kinésithérapeute aveugle, amoureux fou de cette Vosgienne, débarquée un jour dans sa vie et qu'il quittait contraint et forcé. Il se rassura en se disant qu'ils avaient vécu des années merveilleuses et que le souvenir de ce passé commun permettrait à son épouse de survivre à son décès.

Malgré tout, elle lui manquait déjà. Il voulut parler, aucun mot ne franchit ses lèvres. Il mourut sa main dans celle de sa mère et son cœur dans celui de sa femme. Les prières se muèrent en chant, les Dieumerci étant de fervents catholiques. Dieu était membre à part entière de leur vie. Mais là, c'était beaucoup trop pour leur Foi. Le prêtre de Loctudy[1], village d'origine de la famille, leur avait dit que Dieu envoyait des épreuves. Oui. D'accord. Il allait loin tout de même. Trop loin pour Jacques. Trop loin aux yeux d'Antoine, le dernier des Dieumerci. La famille ne quitta la chambre qu'à l'arrivée des pompes funèbres.

Tout avait été organisé selon les volontés du défunt. Marin serait enseveli dans sa chère Bretagne, auprès de Pétronille, sa grand-mère adorée, fondatrice du clan et de Guénaël, le père toujours absent, mais aimant.

♪

Nora Kowalski raccrocha. Dire qu'elle était touchée aurait été un bien grand mot. Interloquée, étonnée, oui, mais guère plus. Femme d'action, elle était habituée à rebondir face à l'adversité. Directrice d'un cabinet-conseil d'abord à Paris, puis à Rambouillet, elle avait embauché Armande voilà trente ans. Trente ans. Elles débutaient toutes les deux. La première en tant qu'avocate-conseil, la seconde en tant que secrétaire.

A l'époque, Nora avait contacté toutes les écoles formant au secrétariat et leur avait demandé le nom des élèves arrivées premières de leur promotion assistant de

---

[1] Commune du Finistère.

manager et administration-gestion des entreprises. Il lui fallait quelqu'un d'efficace, réactif, silencieux, obéissant. Elle avait fait passer moult entretiens jusqu'à Armande. Vingt-trois ans. Célibataire. Aucune attache familiale. Venue des Vosges. Aucune exigence financière. L'assistante parfaite. Elle avait fait un essai d'un mois, le temps nécessaire pour s'habituer au fonctionnement de Nora : ton agressif, rapidité d'action, capable d'appeler à trois heures du matin pour faire envoyer un courrier, sportive, mangeant peu, courant beaucoup, détestant la fatuité, en quête de défis à relever, incapable du moindre compliment ou du plus petit encouragement. Grande intelligence. Très grande. En trente ans, ce binôme ne développa aucune familiarité, aucun geste d'empathie, aucune intrusion dans le domaine privé. Rien. De la simple efficacité. Une patronne et son assistante.

Sauf que là, elle avait pris un congé sans solde depuis deux mois. Et ça commençait à suffire. Non qu'Annaëlle soit mauvaise, mais il était évident qu'elle était moins performante, moins disponible, moins corvéable. En plus, il fallait tout lui expliquer. Avec Armande, un mot suffisait. Elle savait qui appeler, quoi faire, quoi rédiger, quoi ranger. Nora voulait bien fournir un effort, mais là, ça faisait trop longtemps. Elle avait des dossiers importants à gérer, il lui fallait Armande.

La mort du mari était un imprévu. Son esprit fonctionnant à la vitesse de la lumière, elle réfléchit à la bonne attitude. Elle avait besoin de son assistante, mais elle devait gérer un problème : le deuil. Juste une contrainte.

– Annaëlle ? Vous me chercherez l'avis de décès de Dieumerci.

Elle entendit un hoquet au bout du fil.

– De son mari.

L'avis parut le lendemain. « Armande Dieumerci son épouse ainsi que Jeanne Dieumerci, sa mère, ont la douleur de vous faire part du décès de Marin Dieumerci ». Suivaient les prénoms des frères et sœurs. Ils sont nombreux, se pensa Nora. Le lieu d'inhumation la fit tiquer : Loctudy. Qu'est-ce que c'est que ce bled ? Finistère ? Elle soupira. Une gerbe suffira. Une gerbe au nom du cabinet. Non, une gerbe. Simple, sans nom. Histoire de dire qu'on sait.

♪

– Tu en fais une tête !

Nora leva les yeux de son verre qu'elle fixait depuis un moment.

– Dieumerci enterre son mari dans le Finistère.

– Dieumerci ? Tu sais que ta secrétaire a un prénom ? rouspéta Ilona. Armande, elle s'appelle Armande. Et c'est terrible.

– Mmm.

– Nora !

– Quoi ?

– Un peu de compassion ne nuit pas.

– Non, mais c'est bon. Je ne savais même pas qu'il était malade.

– Il était malade ? demanda Ilona.

– Je le suppose. Dieumerci a pris un congé sans solde, il y a deux mois.

– Oh. Et tu sais de quoi ?

Elle regarda son amie.

– Non.

– Nora...

– Quoi ? Personne ne sait au cabinet, je ne vais pas inventer.

– Personne ?

– Personne.

– Comment est-il possible qu'aucun d'entre vous ne sache ?

– Parce qu'elle n'a rien dit, pardi.

– Nora... Elle travaille pour toi depuis...

– Trente ans, la coupa-t-elle.

– Ah oui, quand même. Et tu n'en as jamais changé.

– Pour quoi faire ? Elle me va très bien. Et puis, elle est formée.

Ilona sourit.

– Elle est surtout la seule à te supporter.

– Me… s'offusqua à moitié Nora.

– Absolument. Tu es impossible. Et inutile de faire la moue. C'est une réalité. On te craint et on te respecte. Mais on te craint surtout.

– Peu m'importe. L'essentiel est que le cabinet fonctionne.

– Tu vas y aller ? interrogea Nora.

– Pour quoi faire ?

– Oh, je sais pas… Présenter tes condoléances, par exemple. Ce que font les gens normaux, en général.

Nora haussa les épaules.

– Je vais envoyer une gerbe.

– Super. Des fois, je me demande comment tu fais pour tenir une équipe soudée.

– L'argent.

– C'est triste.

– Peut-être, mais cela fait tourner le monde. Personne n'est maltraité, reprit-elle. Les primes sont là. Le travail aussi. On est même débordés. De nos jours, c'est précieux. Il n'y a ni insultes, ni mépris, ni humiliation. Simplement, une tâche à effectuer.

– Et ça convient à tout le monde ?

– Tu vis dans un monde de Bisounours™.

Ilona soupira.

– Peut-être. Vous êtes effrayants avec votre indifférence.

– Écoute, nous avons tous une famille, créer des liens dans l'entreprise est un non-sens, une perte de temps.

Ilona regarda son amie. Elles se connaissaient depuis le lycée et leur amitié n'avait pas pris une ride. La vie s'était chargée de les endurcir et de les rapprocher. Mais autant Nora était restée froide, autant Ilona s'était adoucie. Toutes deux avaient réussi leur vie. L'une en prodiguant des conseils, l'autre en devenant gynécologue. Pour qui connaissait leur passé, cela relevait du miracle. Mais heureusement, peu connaissaient leur passé. Il ne fut pas difficile de convaincre Nora d'aller dans le Finistère. Malgré son indifférence, l'absence d'Armande lui pesait. D'un point de vue pratique, bien sûr.

♪

Elles entrèrent les dernières dans une église bondée. Loctudy s'étalait le long de la côte sud du Finistère, au sud de Quimper. Espace sauvage dompté par l'homme. Adopté par l'homme diraient la flore et la faune. Depuis des siècles, les hommes vivaient en accord avec une nature, farouche et belle, qu'ils finirent par comprendre. La petite ville était belle au milieu du bocage, baignée du soleil de printemps. Elles avaient loué une chambre d'hôtel et repartaient le lendemain. La foule impressionna Nora.

– Il était apprécié, lui murmura Ilona.

La messe mélangea le breton et le français tout comme les larmes de tristesse et les larmes de joie à l'évocation de Marin enfant. Le cercueil posé au centre était recouvert d'une gerbe blanche, magnifique, qui apportait douceur et splendeur à ce moment douloureux. Nora sursauta en voyant Armande. Elle venait de passer devant elle pour recevoir les condoléances : elle avait perdu au moins dix kilos ; son visage émacié, ses yeux creusés par la fatigue et les larmes ne laissaient entrevoir d'elle qu'une coquille vide. Elle serra les mains aux côtés de la famille de Marin. Peu prirent le temps de lui parler, beaucoup s'épanchèrent devant Jeanne, la mère.

– J'ai l'impression que ton Armande ne fait pas l'unanimité.

– Elle n'est pas d'ici, fit une voix dans leur dos.

Elles se retournèrent vivement et firent face à un vieil homme au ventre rebondi.

– Paul Deschanel.

– Ilona Graswoch et Nora Kowalski.

– Ce n'est pas facile de s'acclimater. Les gens sont adorables, mais il faut les apprivoiser.

Ilona allait lui poser d'autres questions quand elle sentit un vide derrière elles.

– Ben, il est parti !

Nora ne disait rien. Armande. Elle ne s'attendait pas à ça. Pas à ça du tout. Elles ne prirent pas le temps de présenter leurs condoléances, chacune ayant compris qu'Armande était ailleurs. La gerbe du cabinet était là, c'était déjà bien. Elles furent très silencieuses sur le chemin du retour. Ilona pensant à tout ce par quoi était passée l'épouse de Marin, Nora réfléchissant à comment faire revenir son assistante dans le monde des vivants. Le cabinet prenait un nouvel essor, elle devait tout faire pour la garder. Elle n'était pas stupide, seule, elle n'y arriverait pas. Il lui fallait son bâton de pèlerin. Mais le bâton en question était en bien piteux état.

♪

– C'est dur, hein ? Ouais, c'est dur.

Armande, face à l'océan, laissait les embruns se poser sur son visage tandis que le vent ébouriffait ses cheveux. L'homme s'était assis près d'elle, fumant sa pipe. Elle ne détourna pas son regard de l'océan.

– C'était un brave garçon. Il venait toujours me chiper des pommes quand il venait par chez moi.

Il sourit à Armande qui le scrutait maintenant se demandant bien qui il pouvait être.

– Félix Faure.

– Armande…

– Dieumerci, oui, je sais.

Ils discutèrent un long moment de Marin, échangeant leurs souvenirs. Cela fit du bien à Armande, les derniers jours ayant été particulièrement éprouvants. La crémation, l'ensevelissement dans le caveau, les larmes qu'elle n'avait pu retenir, déclenchant l'ire de sa belle-mère, « On doit savoir se tenir », le soutien d'Antoine et de Jacques, restés à ses côtés dans le caveau attendant que ses sanglots s'arrêtent. Ils avaient gardé le silence, ne sachant quoi dire, les mots étant de bien peu d'aide en ce moment précis. La chapelle sépulcrale était de petite taille et abritait les ossements de Pétronille et son mari Adalbert. Guénaël, fondateur de sa propre famille, avait sa tombe à proximité. L'urne de Marin était posée dans une niche dans le mur droit de la chapelle, celle d'Armande devant lui faire face. Le scandale que cela avait provoqué !

– Je me fiche éperdument de votre avis, avait commenté Pétronille à une Jeanne outrée par l'outrecuidance de la vieille femme. Marin et Armande viendront me tenir compagnie et ce n'est pas à quatre-vingt-quinze ans que je vais me laisser dicter ma conduite ! Je suis déjà bien bonne de venir loger dans l'appartement que vous m'avez aménagé alors que j'aurais pu mourir tranquillement chez moi. Marin ne peut pas aller dans les Vosges, il a le vertige. Armande n'y a plus d'attaches depuis le remariage de sa mère. Je ne vais quand même pas laisser mon petit-fils et son épouse s'enterrer dans un trou comme Rambouillet sans que personne ne vienne sur leur tombe, oubliés de tous ! Ça non !

Armande n'avait rien dit, augmentant la colère de sa belle-mère que Guénaël dut affronter en rentrant.

– C'est la décision de maman. Elle fait ce qu'elle veut. Et puis, elle a raison. Nous avons tous fondé nos familles, nous serons tous à différents endroits du monde, on ne peut pas laisser Armande et Marin seuls. La discussion est close.

Et elle le fut. Pétronille fit construire une jolie chapelle, de style très celtique, fit déterrer Adalbert, le fit réenterrer, puis vint le rejoindre. Sa mort laissa un immense vide que personne ne put combler. Pétronille, l'âme des Celtes, comme disaient certains. L'âme des Dieumerci, aussi.

– Marin est auprès de sa grand-mère, ils doivent déjà être en train de papoter. Il est dans votre cœur, gardez-le précieusement avec vous.

En se levant, il ajouta :

- L'épreuve est violente, mais vous la surmonterez parce que...

Il laissa sa phrase en suspens. Il était trop tôt encore.

2

– Dieumerci ! Où êtes-vous ? On vous attend !

– Je… Je ne vais pas pouvoir venir, fit une petite voix au téléphone.

– Comment ça ? tonna Kaiser[2] Nora.

Kaiser. C'était son surnom. Pas affectueux du tout. Tyrannique pour certains, frigide pour d'autres, vindicative, colérique, hystérique, fanatique, tout un tas d'adjectifs négatifs circulaient à son propos, pourtant personne n'aurait pris le risque de quitter le cabinet. Personne. Pas fous. On y gagnait bien sa vie et surtout personne ne s'y sentait menacé. Personne. C'était juste que Nora ne se laissant pas approcher, l'imagination se déclenchait et les rumeurs les plus folles couraient. Elle les connaissait : libertine, frustrée, se vengeant d'un amour passé inassouvi, visant l'Élysée. Du grand n'importe quoi, disait-elle à chaque fois qu'elle en devinait une nouvelle. Armande aussi avait son lot de ragots, mais c'était dû à la jalousie : celle d'être l'âme damnée de la patronne. Poste que bon nombre

---

[2] Kaiser : mot signifiant empereur en allemand.

enviaient : être dans le secret des dieux. Tout comme Nora, elle était indifférente, pire, imperméable, à tout cela. Elle avait une tâche à accomplir, elle la maîtrisait, donc voilà. Le reste... Son absence ravissait l'ennemi, heureux d'avoir enfin quelque chose à se mettre sous la dent. Quand ils apprirent qu'il s'agissait de la mort du mari, la déception laissa place à : de quoi est-il mort ? Et pourquoi aller dans le Finistère ? Pourquoi tant de mystère ? L'espoir de voir partir Armande s'amenuisa quand Nora, à qui on venait de suggérer de lui donner son congé, s'y opposa formellement.

– J'ai mis trente ans à la former, je ne vais pas recommencer avec une autre !

Son absence de ce matin à la réunion fit escompter un changement radical de posture de la part de la patronne. Car s'il y avait une chose que Nora détestait, non, exécrait, c'était qu'on la plantât le jour d'une réunion fondamentale pour l'avenir du cabinet. Et là, on recevait un député qui voulait lancer sa campagne.

– Je ne me sens pas bien.

– Ce qui veut dire ?

Le ton était sec, dur. Elle ne pouvait pas ne pas venir.

– Dieumerci ! J'attends !

Elle entendit un soupir.

– Non, mais je rêve, explosa Nora après l'avoir laissée exposer les faits, vous êtes malade ou quoi ? Vous auriez pu y rester ! Vous ne pensez à rien, ce n'est pas

possible ! On aurait été bien avec le SAMU là au milieu !
Vous avez vu un médecin ?

– Oui.

– Bon.

Nora réfléchissait.

– Je peux travailler depuis chez moi, proposa Armande.
Le médecin m'a arrêtée une semaine, mais je peux
travailler depuis chez moi.

– Vous pouvez… Vous avez un ordinateur ?

– Celui de mon mari.

La voix était triste.

– En voiture, vous êtes à combien d'ici ?

– Quinze minutes, je crois.

– Et vous venez à vélo ? N'importe quoi. Annaëlle,
appelez le service de coursier ! Dieumerci, dressez la
liste de ce dont vous avez besoin, transmettez-la-moi
que je vous envoie tout cela illico. Je mettrai la
conférence en audio.

– Bien, Madame.

– Annaëlle, trouvez des cartons, emballez-moi
l'ordinateur, l'imprimante. Quand Dieumerci appellera,
vous empaquetterez sa liste.

Annaëlle qui espérait la place retint sa grimace tandis
que Nora se dirigeait vers le visiteur qui venait d'entrer.

♪

– Monsieur le Député, soyez le bienvenu, le salua-t-elle froidement.

Règle numéro, on ne s'excuse pas devant un quémandeur.

– Je vais mettre le haut-parleur afin que ma secrétaire prenne des notes.

Le député n'y vit aucun inconvénient. Nora Kowalski étant la meilleure, il n'allait pas se formaliser. Armande, concentrée, suivait la conversation. Elle avait beau être épuisée, elle restait maîtresse de son travail. Les paroles prononcées se transformèrent en verbe d'action, en portions de phrases. Elle griffonnait rapidement l'essentiel, sachant quoi faire ensuite.

Ce fut le soir qu'elle prit conscience de la présence de Poupette. La chienne se traîna à ses pieds en gémissant. Armande ouvrit de grands yeux ayant totalement effacé son existence de sa mémoire. Poupette était le chien guide de Marin. Un chien guide spécial. Quand il avait rencontré sa future femme, il envisageait un labrador formé pour cela. Jasper les avait accompagnés pendant dix-sept ans, puis était mort de sa belle mort. Marin ne pouvant se déplacer sans chien parce qu'il en avait pris l'habitude, il pensait à adopter un nouveau compagnon, quand le verdict de la maladie était tombé. Il savait que sa femme ne raffolait pas des canidés. Il décida qu'un plus petit serait mieux à même d'aider son épouse à surmonter sa solitude. Ils allèrent ensemble au refuge et tombèrent d'accord sur un chiot bien malheureux : un bouledogue français, blanc avec deux œillères noires.

Viscéralement attachée à Marin, Poupette partageait leur quotidien depuis cinq ans. Mais, durant tout ce temps, ni l'une ni l'autre ne s'était apprivoisée. Alors la vue de la chienne qui se traînait comme une âme en peine rappela à Armande son existence.

Mue par un réflexe de mimétisme, elle se mit en devoir de fouiller les placards en quête de nourriture et d'eau. Une fois retournée sur le canapé, elle vit la chienne se sustenter puis repartir dans son panier.

♪

Armande mangeait ses pâtes froides du bout des lèvres quand Poupette refit son apparition pour s'allonger par terre.

– Tu sais, Poupette, il va falloir que tu me dises ce que tu veux. Parce que moi, je ne sais pas. Marin savait.

Voyant les larmes, Poupette s'approcha et s'assit à ses pieds.

– Ce n'est pas terrible, hein, renifla-telle. On va sortir un peu.

Elle finit son assiette sans goût et se leva pour prendre son manteau.

– Allez viens, on va faire pipi.

Comprenant, la chienne se dirigea vers le meuble d'entrée et attrapa sa laisse.

– Ah, oui, faut mettre ça.

Doucement, elles prirent les escaliers, sortirent et humèrent les odeurs de la nature mêlées à celles du monde des hommes. Armande se laissa guider par Poupette, laquelle suivit son parcours habituel, l'entraînant dans son sillage. La promenade dura une bonne heure, donnant le rose aux joues d'Armande, la fatiguant beaucoup aussi. En rentrant, elle s'allongea sur le canapé, se recouvrit d'un plaid lorsque Poupette, timidement, s'approcha et gémit. Elle regarda sa maîtresse avec des yeux larmoyants.

– Tu veux monter vers moi ?

Armande se redressa, attrapa le chien et l'allongea contre elle.

– Ah, merde.

Elle se releva prendre le comprimé prescrit par le médecin. Pour la première fois depuis trois mois, Armande dormit, Poupette calée contre elle.

♪

– Dieumerci !!! Ouvrez !!!! Dieumerci !!!!

Nora tambourinait comme une forcenée.

– Dieumerci, on n'a pas que ça à faire !!!!

Elle avait été étonnée, puis déçue, puis en colère de ne pas trouver les dossiers de la veille sur son bureau le matin même. Elle avait attendu, mais la patience n'étant pas sa vertu, son ire la poussa à se rendre chez

Armande. Elle put entrer dans l'immeuble grâce à une voisine, inquiète de voir les sacs de courses posés devant la porte et « Madame Dieumerci qui ne répond pas ». Je m'en occupe avait déclaré Nora, évitant ainsi l'arrivée de la police. Manquerait plus que ça, avait-elle grommelé. La voisine était partie rassurée « parce qu'à cette heure-là, il n'y a personne dans l'immeuble ». Tant mieux, se dit Nora. Elle cognait contre la porte de façon acharnée depuis presque un quart d'heure quand le bruit d'un chien se fit entendre. Bon, elle est là.

– Dieumerci, voulez-vous bien ouvrir !!!!

Mais qu'est-ce qu'elle fiche ? !

Elle ne fichait pas grand-chose, la belle Armande. Le somnifère avait été tellement efficace qu'elle percevait vaguement les bruits, mais était incapable de bouger. Poupette, tout de même inquiète et ayant une grosse envie de pipi, décida d'intervenir. Elle se mit à japper à proximité de l'oreille d'Armande, puis mordilla la main qui pendait. La sensation de morsure fut la plus efficace. Armande commença à émerger, à prendre conscience des coups sur la porte, du téléphone qui sonnait en continu. Elle se redressa péniblement, eut un haut-le-cœur, arrêta de bouger, puis, lentement, suivit du regard le chien qui faisait les allers et retours entre le canapé et la porte. Il lui fallut un bon quart d'heure pour comprendre, dix minutes de plus pour se lever.

– Ah, tout de même ! Mais ? Vous avez bu ?

Armande, oscillant sur ses jambes, retourna sur le canapé tandis que Poupette se précipitait vers la porte du bas, aboyant pour qu'on lui ouvrît. Nora jeta un regard rapide à la recherche d'alcool et n'en vit pas. Agacée par les aboiements, elle descendit, ouvrit au chien qui courut vers le premier arbre, voulut fermer la porte, mais au dernier moment se rappela qu'il lui faudrait redescendre pour faire entrer de nouveau le chien. Nora n'avait aucune passion pour les animaux, mais était simplement pragmatique. Elles remontèrent ensemble pour trouver Armande inerte, mais éveillée. Enfin, plutôt hébétée devant la sonnerie insistante du téléphone.

– Mais décrochez bon sang ! Oui ?

– Vous êtes ?

– Nora Kowalski.

– Lucille Dieumerci. Et moi, Antoine Dieumerci. Nous sommes en audio conférence. Où est Armande ?

– Affalée sur le canapé. Elle semble avoir bu. Je mets le haut-parleur.

– Impossible, elle ne boit pas.

– En attendant, elle est dans les vapes.

– Armande, tu as pris quelque chose ?

L'interrogée indiqua les boîtes de médicaments.

– Ah, d'accord, les médicaments.

– Armande, tu en as pris ? Lesquels ? Combien ?

Antoine et Lucille entendirent des talons se déplacer.

– Elle a respecté l'ordonnance visiblement. Il n'en manque qu'un seul. Dieumerci, votre état est tout de même étrange.

Antoine et Lucille entendirent Nora marmonner.

– Ah voilà. Apparemment, vu les symptômes vous seriez intolérante à un composant. Non, mais là ! Intolérante aux somnifères. Il n'y a que vous pour faire un truc pareil.

– Est-ce qu'elle a mangé ? demanda Lucille.

– Comment voulez-vous que je le sache ?

– Mais qui êtes-vous ? s'agaça Antoine.

– L'employeur de Dieumerci. Elle avait du travail.

– Du…

Antoine faillit s'étrangler.

– Non, mais ça va, fit une petite voix. Ce truc est vraiment fort.

– Oui, enfin, c'est surtout que tu ne manges plus et ne dors plus depuis au moins trois mois, rectifia Antoine. Tu as tes courses ?

– Mes ?

– Oui, elles sont devant la porte, répondit la voix peu amène de Nora.

– Très bien, approuva Lucille.

– Hein ? s'étonna une Armande un peu vaseuse tout de même.

– Je t'ai commandé tes courses, car je me doutais que ton frigo était vide. C'est pour cela qu'on t'appelait, expliqua sa belle-sœur.

– Tu nous as fichu une sacrée frousse, ajouta Antoine.

– Pardon.

– C'est bon, j'ai compris, je vais ranger vos courses, soupira une voix.

Antoine et Lucille entendirent des bruits de pas, de sacs, des portes qu'on ouvre.

– Ah, oui, d'accord. Vous avez décidé de faire un régime ? Non, mais parce que là, ça atteint le sommet ! Dieumerci ! Vos placards et votre réfrigérateur sont vides ! Vous faites vraiment n'importe quoi. Avalez ça pendant que je termine, ajouta-t-elle lui tendant des pains au lait.

– Merci.

– Armande, mange, repose-toi, nous t'appellerons ce soir.

Antoine et Lucille, moitié inquiets, moitié rassurés, raccrochèrent.

– Je présume que ce que je vous avais demandé n'a pas été fait.

– Une partie seulement, articula Armande en avalant une bouchée de pain au lait.

– Dieumerci !

– Madame Kowalski, vous êtes la seule personne au monde qui attende une réponse dans la minute ; la seule personne au monde à monter des projets à la vitesse de la lumière. Le député Grandjean n'attend votre réponse que dans trois semaines au minimum. Là, il doit être en train de se renseigner sur le département dans lequel on le parachute candidat. Mais si vous pensez, et vous auriez raison finalement, que je ne suis plus à la hauteur, je peux envoyer le travail à Annaëlle.

Le regard bleu de Nora se durcit.

– J'espère que vous êtes en train de faire de l'humour. Pour quand ?

Un pain dans la bouche, Armande, péniblement, se leva, alluma son ordinateur. L'imprimante cracha une trentaine de pages qu'elle classa dans des chemises et qu'elle remit à Nora.

– Bien. J'enverrai un coursier demain, vous lui remettrez le reste.

Elles se faisaient face. Nora, une tête de plus, blonde élancée, tailleur d'une coupe parfaite et Armande, jean et pull taché, cheveux hirsutes, teint blafard et cernes noirs. Et pourtant, elles s'étaient comprises. Nora la quitta soulagée, et Armande se rassit pour reprendre du Coca™ et manger un pain au lait avec du chocolat. Elle reprit son travail après un repas complet, une petite sieste, la sortie pipi de Poupette et le soir, elle se fit un plat surgelé tout en discutant longuement avec Antoine et Lucille puis avec Jacques.

– Quand tu pourras, en septembre ou octobre, tu viendras une semaine. Je te réserverai un gîte à Pont-Aven. C'est loin de Loctudy, mais cela te permettra de te vider la tête, de reprendre des forces. Nous passerons te voir en revenant de nos vacances et en attendant, ne fais rien. Laisse tout en l'état. Rien n'est urgent.

Armande se coucha sans somnifère. Elle dormit mal, mais naturellement, Poupette collée à son flanc. Les jours s'enchaînèrent, conformes aux attentes de tous : Nora apprécia le travail de sa secrétaire, Armande la solitude de son appartement, Poupette ses sorties. Tout le monde reprenait ses marques.

– Attends-toi à un pétage de plombs, à une dépression, avait prédit Ilona. On ne sort pas indemne d'un tel accompagnement.

– Armande est solide.

– Nora !

– C'est une Vosgienne ! Les Vosgiens, ce sont des solides.

Ilona avait soupiré.

♪

Ce n'était pas les Vosges, la source de sa force, mais son passé. Elle était la fille de Michel et Mathilde Beauregard. Jeunes parents : seize ans pour sa mère, vingt ans pour son père. Ils assumèrent l'enfant, puis déchantèrent.

Surtout le père. Elle fut leur fille unique. En même temps, le deuxième enfant qui aurait dû naître ne survécut pas à la salve de coups que Mathilde reçut. Pour un poulet trop salé. Michel était un violent. Un vrai. Pas du fait de l'alcool mais du fait de la colère. Il était constamment en colère. Quand les coups ne pleuvaient pas, c'étaient les injures, le mépris, l'humiliation. Mais Mathilde l'aimait. Armande reçut ses premiers coups sous forme de gifles. Puis de coups de poing quand elle eut onze ans. Pour rien. Juste parce qu'il était en colère et qu'elle était là, dans la cuisine, quand sa mère était à terre. Son père avait pris alors son sac et elles ne l'avaient plus revu pendant quatre mois. Il était revenu, et, avec lui, les coups. Et il en fut ainsi jusqu'aux quinze ans d'Armande.

– Madame Beauregard ?

– Oui.

– Gendarmerie Nationale. On a une mauvaise nouvelle à vous annoncer. Votre mari, Michel, a perdu la vie dans un accident. Sa voiture a quitté la route, sans doute du fait du verglas.

– Oh.

Il y eut des larmes. De soulagement. Il y eut les larmes du village qui savait, mais qui fermait les yeux. Les larmes des parents de Michel qui savaient, mais qui se taisaient « C'est de sa faute à elle de toute façon, on ne se fait pas faire un gosse à seize ans ; mon Michel, il avait de l'avenir devant lui, elle a tout détruit ; et qui nous dit que la gosse est de lui ». Des larmes de colère en découvrant les demi-frères et sœurs, héritiers opportuns. Des larmes amères quand il fallut trouver un autre emploi, un autre foyer. Le destin avait bien fait les choses. Un relais routier avait besoin d'une cuisinière. Mathilde excellait. Le patron détestait les hommes violents. Sa nièce était élève dans le collège d'Armande. Tout se sait, mais rien ne se dit.

♪

– Dieumerci ! Qu'est-ce que vous faites là !

Ce n'était pas une question, juste de la rhétorique. Après deux mois passés chez elle en travail à distance, Armande, encouragée par Jacques et sa femme, venus passer quelques jours, avait repris le chemin du bureau.

– Bon, puisque vous êtes de ret... Qu'est-ce que c'est que...

– Poupette.

– Mais... Bon, peu importe. J'ai des courriers à dicter.

Elles reprirent leurs habitudes et le cabinet se mit à ronronner d'une routine rassurante. Poupette restait tranquillement dans son panier, venait se frotter aux jambes d'Armande, allait de temps en temps se dégourdir les pattes dans le bureau de Kaiser Nora. Laquelle ne levait même pas les yeux de son travail, totalement indifférente au chien.

– Dieumerci !

– Madame ?

– Des nouvelles du député ?

– Aucune.

– Ça fait deux mois !

– Il est débordé.

– Et pas moi, peut-être ?

Armande sourit.

– Madame ?

– Oui !

– Votre rendez-vous.

Nora se leva pour accueillir Luc Pinchard, PDG d'un groupe d'agroalimentaire. En sortant, il ne put s'empêcher de s'extasier devant Poupette.

– Ça, c'est un vrai chien de race.

Quand il quitta la pièce, Nora savait qu'il avait un dogue allemand et sa femme, des caniches qui mangeaient ses chaussures. Elle haussa les épaules de désespoir quand le député fit une apparition surprise.

– Navré de vous avoir fait attendre, mais la préparation d'une campagne quand on doit en plus siéger à l'hémicycle, c'est un vrai défi.

Je vais pleurer, se pensa Nora.

– J'ai aimé votre projet, vraiment. Clair, net, précis et efficace. Mais...

– Mais ?

– Mais, je le trouve peu ambitieux.

L'atmosphère de la pièce se refroidit.

– Votre collaborateur, Bruno, m'a proposé quelque chose de plus… De plus…

– Ambitieux, compléta-t-elle d'une voix glaciale. Je comprends. Dieumerci ! Prévenez Bruno que son client arrive.

– Bien, Madame.

– J'espère que vous n'en prendrez pas ombrage…

– En aucune façon. Je vous souhaite une pleine réussite.

Nora resta plantée un long moment devant le bureau d'Armande.

– Il ne sera pas élu, fit cette dernière. Il n'est pas Breton.

– On peut être député de Bretagne sans être Breton !

– Vous ne connaissez pas les Bretons.

– Parce que vous si ?

Elles se regardèrent.

– Ah oui, c'est vrai.

– En plus, il se présente pour le Finistère en venant de Normandie. Même pas peur.

3

– Bonjour ! Bienvenue dans le Finistère ! Bonjour toi ! Tu es trop mimi !

Poupette émit un son que la jeune femme prit pour un remerciement.

– Alors, là, vous avez la cuisine, là, le séjour ; ici, la chambre et enfin les sanitaires et salle de bains. C'est petit, mais confortable, expliqua la propriétaire.

– Merci. Préférez-vous que je vous paie maintenant ? demanda Armande.

– Me payer ?

– Oui, la location.

– Mais, elle est déjà payée.

– Mais...

– Monsieur Dieumerci a tout réglé. Il y a un problème ?

– Non, aucun. J'ignorais ce détail.

– Alors si tout est en ordre, je vous laisse les clés. Au moindre souci, je suis la galeriste juste en face. N'hésitez pas. Et surtout, profitez de votre séjour !

– Merci.

Armande déballa ses affaires, brancha ordinateur et imprimante, puis sortit avec Poupette pour humer l'air de Pont-Aven. Toutes deux apprécièrent les ruelles longeant la ria, les passerelles, le bruit de l'eau vive, les vannes rappelant les moulins. Armande n'eut aucun mal à comprendre pourquoi les peintres s'y étaient établis. En revanche, le caractère agressif, égoïste de sa belle-mère était une énigme. Quand on naît dans un cadre aussi merveilleux, on ne peut être que jovial, naturellement heureux et généreux. Mais non. Enfin, peut-être Jeanne était-elle douce, seulement, Armande lui avait pris son préféré. Alors forcément, la rancœur ne pouvait que l'emporter. Elle avait planifié son séjour de deux semaines mêlant travail, visites à Marin et promenades pour apaiser le cœur.

♪

– Ben, ma toute belle, que se passe-t-il ?

Armande, face à l'océan, pleurait tout ce qu'elle pouvait. Les sanglots étaient bruyants, les larmes abondantes.

– Armande, lui dit doucement le vieux monsieur, que se passe-t-il ?

Même Poupette pleurait. Armande leva les yeux et reconnut le vieil homme rencontré lors de l'enterrement de son époux.

– La... La... Porte est fermée...

Les hoquets l'empêchèrent de continuer. Patiemment, il attendit que passe l'orage.

– Je voulais voir Marin, finit-elle par articuler, mais la porte du caveau est fermée à clé maintenant et le gardien du cimetière n'a pas la clé.

C'était l'affront de trop.

– Eh, ben, on va aller l'ouvrir cette foutue porte !

Les yeux remplis de larmes, Armande ne comprenait pas.

– Allez, venez, je vais vous l'ouvrir cette porte !

– Mais...

– Il n'y a pas de « mais ». Allez, venez.

Ils passèrent la porte du cimetière, se dirigèrent vers le caveau et après quelques minutes de bidouillage, la porte s'ouvrit. Armande n'osa pas entrer.

– Allez, Madame Dieumerci, votre mari et vous avez des choses à vous dire.

Elle lui rendit un regard reconnaissant. Poupette pénétra avec hésitation, huma l'air, le sol, fit le tour des sarcophages d'Adalbert et Pétronille, puis soudainement toute guillerette, vint sauter dans les bras d'une Armande pleurant à chaudes larmes.

♪

– Puisque je vous dis que la porte est close ! Les Dieumerci ont fait poser une serrure !

– Peut-être, mais Jacques Dieumerci vient d'appeler en disant que quelqu'un profanait la chapelle de ses grands-parents.

– Mais, j'aurais vu si quelqu'un de louche était passé, s'indigna le gardien du cimetière, outré que l'on puisse penser qu'on entrait dans le territoire dont il avait la charge comme dans un moulin.

– Ben, c'est quelqu'un de pas louche alors. Une des paroissiennes a prévenu Madame Dieumerci. Ah, voilà, la porte est ouverte ! Je vais voir.

Le gendarme entra avec précaution et fut accueilli par une salve d'aboiements agressifs.

– Tout doux, le chien, tout doux. Mais... Poupette ? Ben... Merde, Armande !

Le gendarme sortit.

– Alors ? demanda le gardien.

– Alors, c'est Madame Dieumerci.

– Ben, vous êtes un comique, vous.

– Armande. La femme de Marin. Depuis quand la porte a-t-elle une serrure en fonctionnement ?

– Depuis l'arrivée de l'urne du petit. Les Dieumerci ont la clé.

– Vous n'avez pas de clé ?

– Non. Seule Madame Dieumerci, mère, précisa le gardien, en a une.

– Très bien. Je lui demanderai un double pour Armande.

– D'ailleurs, comment est-elle entrée ? s'interrogea le gardien.

– Je lui poserai la question quand elle sortira.

Les deux gendarmes attendirent patiemment l'apparition de la femme de Marin.

– Je…

– Bonjour, Armande. Non, n'aie pas peur. Tout va bien.

– Guénolé ?

– Lui-même !

Il s'approcha d'elle et la serra dans ses bras. Quelques larmes perlaient aux yeux du gendarme.

– Dis-moi, tu as forcé la porte ?

Elle suivit son geste.

– Je… Oui. Je voulais voir Marin, tu comprends, la porte était fermée, ce fut trop. Je… Tu vas m'arrêter ? Parce que j'ai Poupette avec moi et…

– Armande, je ne vais pas t'arrêter ! Déjà qu'on n'a pas bonne réputation, mais là, je n'imagine même pas les réseaux sociaux : « La gendarmerie nationale s'en prend à une veuve ».

Un pâle sourire éclaira son visage.

– On va te raccompagner.

– Non, ça ira.

– Armande…

– Je t'assure Guénolé. J'ai une sale tête, mais ça va aller. Je ne vais pas faire de bêtise, ajouta-t-elle soudain, lisant l'inquiétude dans ses yeux. Marin ne serait pas content et grand-mère Pétronille encore moins. Et puis, je ne peux pas laisser Poupette.

Un grognement de contentement se fit entendre.

– Sacrée Poupette, fit Guénolé, se baissant pour caresser le chien. Tu sais que tu es belle, toi ? ! Bon, tu m'appelles en arrivant. Tu loges où ?

– À Pont-Aven. Jacques m'a réservé un gîte.

– Excellent ! Tu es là longtemps ?

– Deux semaines.

– Parfait ! Alors, je passerai te voir mercredi prochain. C'est mon jour de repos.

Il la raccompagna à sa voiture, attendit qu'elle ne soit plus dans son champ de vision et décrocha son téléphone.

– Oui, bonjour, c'est Guénolé. Tu pourrais me faire une clé à partir d'une serrure ?

– Chef ? s'étonna son collègue.

– Jeanne Dieumerci ne laissera jamais un double à Armande, lui expliqua-t-il. Inutile de perdre notre temps. J'appellerai Jacques pour lui dire ce que j'ai fait. Il comprendra.

Il comprit oui. Trop bien, même. Il ne décoléra pas.

– Jacques, arrête de râler. Guénolé s'occupe de tout, temporisa sa femme.

– On va être la risée de tous !

– Jacques… Tout le monde connaît l'animosité de Jeanne envers Armande. Cela ne surprendra personne.

– Comment peux-tu être aussi calme !

– Parce qu'Armande est là ; elle a vu Marin et que ce n'est pas avec de la colère que nous allons tous surmonter cela.

– Oui, pardon.

♪

– Regardez qui voilà !

Armande dirigea son regard vers la voix.

– Oh, bonjour ! fit-elle contente de revoir le vieil homme. Qui s'appelait comment déjà ? Mince, elle ne se rappelait plus. Mince de mince.

– Armand Fallières.

– Oui, pardon.

– Ne vous excusez pas ! Je suis bien content que vous me reconnaissiez. En général, les gens fuient ma présence.

Elle le regarda, étonnée. Il ressemblait plus à l'icône du Père Noël qu'à un dangereux personnage.

– Je suis un vieux bonhomme qui radote et qui passe son temps à raconter les légendes du pays.

– Grand-mère Pétronille faisait cela aussi.

– Oui, mais elle avait une bonne tête !

Poupette approuva en gambadant autour du vieil homme.

– Ben, tu es bien joyeuse toi ?

– Oui, je n'ai plus la même Poupette, confirma Armande.

– L'air de la Bretagne, professa Fallières.

– Sans doute. Elle fait plus de câlins et court dans tous les sens.

– Elle est contente d'être là. Et vous ?

– J'apprécie aussi.

– Je sais que votre temps est précieux et que vous n'aimerez pas le perdre avec un vieux machin comme moi, mais accepteriez-vous de m'accompagner pour une ballade dans les légendes de Bretagne ?

– Bien volontiers !

La réponse spontanée plut au vieil homme.

– Alors, on se voit vers quatorze heures devant l'église de Bieuzy-les-eaux[3] ? ? Je vous présenterai les fontaines sacrées.

– Avec grand plaisir.

♪

À quatorze heures, Armande était devant l'église avec une Poupette piaffant d'impatience.

– Bonjour ! Alors, prêtes ?

– Prêtes !

Ce fut un très bel après-midi. Un bel après-midi comme elle en avait vécu avec Marin et Pétronille. Un après-midi bercé par la nature, les contes, les légendes. Fallières déversait sa culture bretonne et Armande l'absorbait avec délectation. Poupette, elle, rouspétait parce qu'ils n'allaient pas assez vite.

– Vous connaissiez la région ? lui demanda-t-il.

– Un peu. Marin et moi allions surtout dans le Finistère. Nous sommes venus du côté de Pontivy.

– Et le Faouët ? Vous l'avez fait ?

– Trop escarpé pour Marin. Mais on nous l'a décrit.

– Il aimait la Bretagne, hein ?

– Passionnément. Je lui avais proposé de nous installer ici après notre mariage, mais il a toujours refusé. À cause

---

[3] Commune du Morbihan célèbre pour l'ermitage de Saint-Gildas.

de mon travail. Il me plaisait et il ne voulait pas que j'en change pour lui. Il me disait aussi aimer la vie parisienne à laquelle il s'était habitué pendant ses études. Pourtant.

Il l'encouragea du regard. Elle soupira.

– Les débuts de Marin ont été difficiles. Il n'est simple ni de se faire une patientèle quand on est aveugle ni de trouver un cabinet qui veuille bien de vous. Il a mis deux ans pour trouver un autre kiné voulant bien travailler avec lui. Damien a été d'un grand secours.

– Damien ?

– Nous avons été agressés un jour en fin d'après-midi. Nous étions une cible facile : une femme et un aveugle. Jasper n'était pas encore là. Il est arrivé par-derrière, mais je l'ai senti venir. Je dois avoir un don, sourit-elle tristement, je sens venir le danger. Je me suis retournée et au moment où il attrapait mon sac, je lui ai collé une droite ! Marin a éprouvé un sentiment de honte de ne pas m'avoir défendue, sentiment que je n'ai jamais pu chasser. Damien était policier, il est arrivé sur place et a arrêté notre agresseur. Il s'est amusé de l'état dans lequel il était et quand il a vu que mon mari était aveugle, il a compris que c'était à moi que notre agresseur devait sa mâchoire cassée. Il a pris le temps de discuter avec nous et une semaine après, le premier patient de Marin se présentait.

– Un policier !

– Oui, un policier. Nous avions trouvé un local avec appartement au-dessus. À partir de ce moment-là, il a pu faire carrière.

– Vous le laissiez seul ?

– Madame Kowalski a eu aussi des débuts difficiles. Je travaillais beaucoup à la maison parce que le bureau qu'elle avait loué avait été réquisitionné pour faire un immeuble, elle avait dû déménager. Elle a pas mal bougé, alors je restais à la maison, comme ça, elle pouvait louer une toute petite pièce et lancer son affaire. Henri, un kiné cherchant à s'installer, est venu dans le cabinet, après je n'ai plus eu à m'inquiéter : ils étaient deux désormais. Trois avec Jasper.

Elle se tut.

– Vous lui avez tout de même cassé la mâchoire, dit-il poursuivant ses pensées.

– Ce n'est pas bien compliqué. J'avais appris. Marin et Damien sont devenus amis et se sont lancés dans la course un guide, un non voyant.

– Alors, ça, c'est une brillante idée !

– Oui. Ils couraient tous les samedis, sauf urgence pour Damien. Ils étaient même très bons.

– Vous alliez avec eux ?

– Non. Je crois que Marin avait besoin d'une écoute masculine. À Paris, nous n'avions que nous.

– Jusqu'à Damien.

– Oui. Après, nous avons eu des amis.

– Parmi les policiers.

– Et les coureurs du samedi. Marin était un homme très sociable, attirant les autres. Les gens se confiaient beaucoup à lui.

– Et vous, vous aviez des copines ?

– Non. À part les épouses de nos amis. Mais je n'avais pas d'amie à moi. Je ne suis pas comme Marin. Je n'aime pas trop les gens.

Il rit.

– Mais vous supportez les vieux !

Elle lui rendit son sourire. Poupette était devant, jappant.

– Allons bon, voilà qu'on ne va pas assez vite, ronchonna faussement Fallières.

– C'est bien la première fois qu'elle se comporte ainsi.

– Ah, mais c'est parce que nous approchons de la chapelle de Siméon.

Au détour d'un chemin, ils firent face à une petite chapelle de type celtique. Cependant, quelque chose la rendait différente. Armande, précédée de Poupette, en fit le tour s'imprégnant de ce quelque chose d'indéfinissable qui la rendait fascinante.

– Peu de randonneurs la voient. Elle ne s'offre qu'à ceux qui le méritent dit-on. À ceux au cœur pur.

– Il y a un poisson de dessiné.

– Symbole des chrétiens.

– En Bretagne ?

– Laissez-moi vous conter la légende de Siméon[4].

Ils prirent place sur une souche face à la chapelle et la voix de basse d'Armand Fallières emplit le vallon.

♪

« Siméon était forgeron. Il aimait de façon très égoïste être le premier levé et profiter des premiers rayons qui tombaient sur lui et qui, selon son voisin, étaient une bénédiction. Son voisin était un menuisier de grand talent et un conteur hors pair. Chaque situation, chaque remarque, chaque phrase, chaque événement étaient source d'inspiration pour cet homme. Il se mettait alors à parler du bien et du mal au travers de récits humains, mythologiques.

À force de l'observer, Siméon avait remarqué qu'il enseignait aux enfants. L'école était ouverte à tous en ville, mais tous n'y allaient pas. Soit pour aider leurs parents, soit par manque d'intérêt ou du fait de difficultés. Son voisin croyait en la connaissance. Il y croyait d'ailleurs tellement qu'il estimait nécessaire de la partager. Il expliquait la bonté de l'homme, l'existence du mal, la nécessité de comprendre et d'analyser, le bonheur de se laisser porter et d'être aimé. L'amour.

---

[4] Adaptation de la nouvelle « La légende de Samuel » présentée au concours d'écriture 2020 de la ville de Fontenoy-la-Joute.

Celui de l'autre, celui d'une épouse, d'un mari, d'enfants, d'une famille ou d'un clan. Pour cet homme, tout était amour.

Siméon, au début, s'était amusé de sa façon de parler et de son insistance à voir de l'amour partout : quand on achetait son pain, quand on s'adressait à quelqu'un, l'amour était partout même entre l'État et ses citoyens. Cette fascination pour ce sentiment que chacun éprouvait, sans forcément l'exprimer avait fini par l'intriguer jusqu'à ce qu'il remarque qu'il n'y avait pas de père à la maison. Pas de père depuis longtemps, son voisin l'ayant perdu alors qu'il était enfant. Il comprit alors que l'amour dont il parlait était celui qu'il avait reçu de son père et que sa mère continuait à lui porter.

Ils étaient beaux tous les deux : le fils prenant soin de sa mère en travaillant dur et la mère admirant ce petit garçon devenu homme. Son père devait tellement lui manquer qu'il voulait enseigner aux autres l'importance d'aimer. Il enseignait aussi la valeur du travail et de l'accomplissement de soi.

Au début de leur installation, ils furent la risée du quartier, mais au fil du temps, chacun se prit d'affection pour ce couple si soudé et si bienveillant envers les autres. Et puis, il racontait de si belles histoires ! Toutes avec une morale. Les enfants l'adoraient parce qu'il ne faisait pas de reproches, parce qu'il était patient avec eux en répondant à toutes leurs questions, effaçant les inquiétudes, les angoisses. À toutes les friponneries dont ils étaient capables, il avait une histoire pour les remettre dans le droit chemin. Par reconnaissance ou par admiration, certains venaient l'aider dans sa menuiserie et profitaient ainsi de tous les contes qui sortaient de sa bouche. D'autres aidaient sa mère à aller chercher l'eau. Sara, l'épouse de Siméon, lui avait dit un jour que, depuis leur arrivée, le quartier était une oasis de félicité. Elle n'avait pas tort.

Siméon aimait beaucoup son voisin et c'est avec une certaine impatience qu'il espérait son retour. Il était parti livrer des commandes depuis une semaine et n'était pas encore revenu. Mais ce jour-là, il aurait aimé l'avoir à ses côtés au moment de la proclamation des résultats du concours. Siméon n'était pas un orgueilleux, mais il espérait que cette année il arriverait à la première place et non à la troisième ou quatrième auxquelles il était habitué.

Tous les ans, depuis trois générations au moins, l'État organisait un concours mettant en concurrence les artisans de la région. Un concours pas bien sérieux, ma foi, l'objectif étant d'animer la ville, de réunir les gens et de faire la fête. Quelque chose de convivial et d'amusant.

Depuis trois générations, chaque profession était mise à l'honneur pendant une année. Et cette année était celle des forgerons. L'an passé, c'était celle des boulangers. L'année précédente, celle des menuisiers à laquelle son voisin s'était classé sixième. Le grand-père de Siméon avait gagné la première année du concours des forgerons grâce à un essieu qui avait été posé sur un char qui avait remporté une course. On avait fêté le conducteur et on avait fêté le forgeron lui assurant ainsi un carnet de commandes assez bien rempli. Le gagnant, un peu comme chez les Grecs lors des olympiades, était non seulement récompensé par une bourse substantielle, mais il était, également, ovationné par son quartier et en devenait le héros pour un an. Siméon espérait surtout devenir un héros aux yeux de ses enfants et de son épouse. Celui qui aurait gagné en cette année le concours de… Et puis, il aurait fait honneur à sa lignée : son père était arrivé deuxième pour le concours du meilleur couteau et lui était arrivé troisième pour celui du fer à cheval et quatrième pour un décor en fer forgé. Il espérait la première place même si le thème était totalement farfelu : des clous. Il fallait forger des clous. Siméon, et sans aucun doute tous les autres forgerons de la région, avait été abasourdi par le choix du magistrat de la ville. Il n'y avait rien de noble ni de glorieux à forger des clous. C'était le quotidien de n'importe quel artisan maîtrisant l'eau et le feu. Il y avait eu d'autres concours farfelus avant celui-ci : une boucle de ceinture qui ne devait pas pouvoir s'attacher ; un pain qui devait coller aux dents ; du vin qui devait faire des bulles. Les habitants de la région en avaient déduit que le magistrat avait parfois envie de s'amuser et il fallait reconnaître que les années de ces concours au thème curieux étaient les plus joyeuses et que la population prenait énormément de plaisir à y participer. L'étonnement passé, Siméon s'était dit qu'il serait doublement vainqueur. Il remporterait la première place et serait fêté par les gens de son quartier pour avoir réussi à vaincre ce drôle de défi. Malgré son calme apparent, il était très fébrile. Baigné par les rayons du soleil, il se remémora les semaines et les mois passés à réfléchir aux clous. Il savait qu'il devait en réaliser douze dont quatre avec une particularité. Quatre qui devaient se différencier des huit autres.

– Tu as du talent, tu trouveras, l'avait rassuré son voisin alors que Siméon se désespérait.

– Ce sont des clous ! Il n'y a rien de fascinant ou de difficile à réaliser des clous ! J'en fais des centaines par jour !

– Même la chose la plus infime a son histoire à raconter. Ce que nous construisons aujourd'hui aura des répercussions plus tard. À nous de réaliser le plus beau et le meilleur pour laisser une trace. Tu entreras dans la légende avec des clous, parce qu'ils seront spéciaux, parce que tu leur auras consacré ton labeur, ton talent et ils feront ta gloire pour l'éternité en ce monde comme en celui d'après.

Siméon s'était laissé bercer par la douce voix de son voisin et avait repris courage. À tel point qu'il avait réussi à forger douze clous, dont quatre différents. Il se rappela avoir été très nerveux en les apportant au magistrat, et il se rappela également l'éclair d'admiration qu'il avait lu dans ses yeux. Toute la journée, il marcha de long en large dans sa forge travaillant distraitement à ses commandes. Son cousin vint en courant en début d'après-midi lui annoncer que le magistrat avait fait arrêter son voisin et venait de le faire condamner.

– Il est accusé de faire concurrence aux enseignements autorisés par l'État !

– C'est totalement stupide !

– Il s'est fait des ennemis au sein de l'administration d'État. Et puis à son âge, il n'a fondé aucune famille et tu sais à quel point une femme et des enfants sont symboles de respectabilité.

– Il me faut parler au magistrat ! Je suis sûr que je peux le faire changer d'avis.

Les deux cousins se rendirent au palais de justice et apprirent que le magistrat était sur le lieu d'exécution. Ce dernier, rarement utilisé, l'était toujours pour de graves accusations. Ils prirent donc la direction de la colline pour convaincre l'homme de justice de ne pas jeter l'opprobre sur une mère et son fils. Tout en marchant, ils préparèrent leurs arguments. Infaillibles selon eux. Lorsqu'ils arrivèrent au pied de la colline, ils eurent à franchir une foule très dense. Encore plus dense que pour les habituelles condamnations. Les deux cousins appréciaient peu le pouvoir de vie et de mort de l'État, mais à chaque fois, les condamnés étaient de dangereux personnages. Ce devait être encore le cas.

– Et bien, je ne sais pas qui on a exécuté aujourd'hui, mais il est célèbre !

Jouant des coudes, les deux cousins se rapprochèrent du lieu des supplices et se mirent à questionner les badauds pour savoir s'ils n'auraient pas vu le magistrat. Après maintes réponses négatives, on leur indiqua le sommet de la colline. Ils fournirent un dernier effort et atteignirent enfin les hauteurs. Le magistrat, sentant des remous derrière lui, se retourna et reconnaissant Siméon lui offrit un large sourire.

– Ah ! Voilà le vainqueur de cette année ! Ton travail a été particulièrement apprécié ! ajouta-t-il en montrant du doigt les suppliciés.

Siméon leva les yeux et poussa un cri d'horreur.

En ce mois d'avril 33, recroquevillé au pied de la Croix, Siméon le forgeron entra, pour l'éternité, dans la légende ».

Il fit une pause. Armande, Poupette sur ses genoux, buvait ses paroles.

– Après la mort du Christ, Siméon quitta son village en quête de rédemption. Il se sentait responsable de la mort du Christ. Il était persuadé avoir commis le pire péché du monde. Alors, il laissa femme et enfants et partit en errance pour expier. Il traversa maints villages, maintes villes ; il fut chassé, toléré. Il vivait de son travail et de l'aumône que certains lui accordaient. Puis, il arriva ici. En ce lieu. Nul ne sait réellement ce qu'il se passa, mais la paix de l'esprit lui fut accordée. Il bâtit une chapelle afin de remercier Dieu de son pardon. Il rentra chez lui où, malgré les années, sa famille l'attendait toujours.

♪

Armande avait les yeux luisants.

– C'est magnifique.

– Oui. J'aime beaucoup cette légende. Elle est cruelle et douce à la fois.

– Marin adorait les légendes. Surtout celles liées à la mer.

– Ah ah. La cité d'Ys punie par Dieu et engloutie à jamais. Le peuple des Morgans. Les sirènes ! Oui, leurs histoires sont fascinantes. Et ramènent l'homme à sa juste place : la démesure est punie.

Ils reprirent leur chemin pour se quitter en se promettant de se revoir.

4

– Cette histoire, c'est n'importe quoi ! Ma chère Armande, ton monsieur, là, ne connaît rien aux légendes de Bretagne. Il est aussi Breton que toi ! La Bretagne, ce sont les fées, les Korrigans, l'Ankou, les sirènes. Mais un Siméon qui débarque de Terre Sainte, n'importe quoi.

– Et Gildas ? riposta Jacques.

– Gildas, c'est différent. On est au VI siècle. La Gaule est christianisée. Ou en cours de christianisation. Je connais toutes les chapelles, et aucune n'est celle de ce Siméon.

– Il est possible que ce ne soit pas une légende bretonne, mais en attendant, la légende est belle et pleine d'enseignement.

– Carole !

Elle soupira. L'incident du cimetière était remonté jusqu'à Claude, l'aîné des Dieumerci, son époux. Il devait, selon ses propres termes, « mettre les choses au point avec Armande ».

– Parfaitement ! continua-t-elle. On y parle de culpabilité et de pardon. Ce sont les bases des relations humaines.

Siméon a erré parce qu'il se sentait coupable. C'est le cheminement de chacun d'entre nous. Ce n'est peut-être pas une vraie légende, mais ce vieux monsieur a dit des choses…

– Comme des paraboles, intervint Jacques.

– Oui, c'est cela ! L'histoire qui édifie, qui forme, qui fait comprendre.

– Heureusement que mère ne vous entend pas !

– De toute façon, elle n'entendrait pas.

Chacun se tourna vers Armande.

– Je ne te permets pas ! protesta Claude.

Jamais Armande ne s'était plaint des sarcasmes ou remarques humiliantes : « J'ai oublié de vous faire un cadeau, mais le cœur y est » « Seuls les Dieumerci peuvent comprendre » « C'est une histoire de famille » ; ou les discussions dans lesquelles, elle n'était jamais incluse ; le fait qu'elle ne soit la marraine d'aucun de ses neveux et nièces.

– Elle n'entend que sa voix et ses convictions, reprit Armande. Elle n'a jamais vu que Marin était dépressif. Parce qu'il l'était. Et pas à cause de moi, non. Parce qu'il était aveugle et que tout était compliqué : le quotidien, le travail, le regard que vous portiez sur lui. Au début de notre mariage, je lui avais proposé de venir vivre ici, mais il a refusé, arguant mon travail. Je pense qu'il ne voulait pas être près de sa mère qui aurait gémi à longueur de journée sur le malheur qui frappait son fils.

Malheur que je n'aurais fait qu'attiser. Nous avons vécu heureux, très heureux. Il y avait bien sûr ses périodes sombres, elles ne duraient pas plus de quinze jours, mais il sombrait très bas. Au point de rester enfermé à la maison. Et puis, un matin, ça passait et tout redevenait normal. La nuit, je le prenais dans mes bras pour le consoler comme un enfant. Il craignait le noir. Vous le saviez ? Non, bien sûr. Marin souffrait de sa cécité. De ne plus voir et aucune parole ne pouvait effacer cela. À l'exception des légendes racontées par grand-mère Pétronille.

Une plainte venue de son giron mit en lumière une Poupette pleurant. Armande poursuivit, vidant son sac, parlant en continu de façon désordonnée. Tous écoutaient.

– Il a terriblement souffert pendant deux ans. De savoir qu'il allait mourir, de savoir comment il allait mourir. Je ne savais plus quoi faire. Courir ne l'apaisait plus. Alors je suis allée voir le curé de la paroisse. Je l'ai invité à dîner. Il a su trouver les mots. Marin et lui se rencontraient toutes les semaines, parfois plusieurs fois par semaine. Après deux ans, il se rasséréna. Il avait accepté son fardeau. C'est pour cela qu'il a tout préparé. Pour que je ne sois pas dépassée. Pour que je puisse dormir, il m'avait dit de prendre la chambre d'amis. Mais je n'ai pas pu dormir. Parce que moi, je n'ai pas accepté.

Des larmes coulaient sur ses joues.

– J'ai vu mon mari mourir, jour après jour, sans pouvoir rien faire. Rien. J'étais inutile. C'est comme ça que votre mère me considère, comme une inutile. Marin ne voulait pas mourir en Bretagne, pas avec sa mère jouant les Pleureuses, pas avec le village défilant « Ah, mon pauvre Marin » ; pas avec sa mère cherchant qui accuser « Mon Dieu quel péché ai-je commis » alors qu'il s'agissait d'une maladie.

J'ai même demandé au curé si j'étais responsable de la maladie de Marin. Je lui ai dit que j'étais une enfant battue et que quand on m'avait annoncé la mort de mon père, j'avais été soulagée. J'ai pensé que c'était ça que Marin payait. Il m'a dit que non. Dieu est amour, il ne punit pas les hommes de leur vivant. Il envoie des épreuves, mais celle-ci n'a rien à voir avec vous. Ça m'a rassurée. Un peu.

La légende de Siméon, elle me dit que le pardon existe et qu'il faut d'abord savoir se pardonner. Votre mère estime que je suis une mauvaise épouse parce que je ne suis pas d'ici. Mais la réalité est que je lui ai pris son fils. Je ne lui ai pas pris. C'est elle qui l'a perdu. En ne voyant que le handicap, elle a ignoré sa souffrance. Marin était fort. Oui. Parce que j'avais confiance en lui ; parce que ses patients avaient confiance en lui ; parce que Maurice lui avait appris à se battre ; parce que Damien allait courir avec lui ; parce qu'Henri était venu travailler avec lui. Oui. Il était fort. Et face à la mort encore plus. Il ne la craignait plus. Il avait juste peur de me laisser seule. C'est pour cela que tu es là ma Poupette, c'est pour moi. C'est son cadeau pour moi.

Mais maintenant, je suis toute seule et je n'ai rien à quoi me raccrocher. Je revis tous les jours son calvaire, je revis tous les jours sa déchéance physique. Tous les jours, je ressens la colère, l'impuissance, la culpabilité. Tous les jours, je me demande si j'ai bien agi, s'il n'a manqué de rien. Tous les jours, je lui parle, mais il ne répond pas. Et maintenant, je dois forcer les serrures pour le voir. Je ne suis pas sa mère, mais je l'aime. Et mon amour a autant de valeur que le vôtre.

Épuisée, elle quitta la table, retourna dans son gîte et se coucha, Poupette collée contre elle, léchouillant les larmes et gémissant doucement. Antoine ne retint pas ses larmes, Lucille et Virginie non plus. Jacques était très ému et Claude abasourdi. La fin du repas fut morose. La fratrie bouleversée se quitta maladroitement.

– Je ne sais pas si c'est une bonne idée de proposer à Armande de s'installer en Bretagne.

– Elle le fera de toute façon, répondit Lucille à son mari. Elle voudra être près de Marin.

– J'espère qu'elle ne voudra pas... commença Antoine.

– Tais-toi. Ne parle pas de ça, le coupa Virginie.

♪

Armande n'avait pas l'intention de mettre fin à ses jours. Malgré la douleur, le vide, l'épuisement qu'elle ressentait, la mort ne lui semblait pas opportune. Ne serait-ce que pour Poupette. Marin avait pensé à tout : trouver un compagnon d'infortune à sa femme. Il la connaissait par cœur, avait deviné ses failles, ses forces. Il savait que la responsabilité d'une autre âme l'empêcherait de se laisser aller et de se mettre en danger. La seule chose dont il avait eu peur était qu'elle ne vienne pas en Bretagne et qu'il restât seul dans sa chapelle. Son espoir à elle était qu'il sente sa présence, qu'il les voie, en ce moment même, arpenter les rues de Pont-Aven en quête d'une librairie. On était lundi. Armande, depuis que Guénolé lui avait donné la clé, était allée le voir trois fois, la troisième fois étant la plus douce, comme si une habitude naissait.

Elle attendait mercredi pour une balade à vélo en compagnie de Guénolé, véritable fanatique de cyclisme. Il avait d'ailleurs acheté un tandem pour embarquer Marin dans des virées « entre hommes, au coin du feu ». Un vieux rêve de scout. Marin en revenait toujours empli d'espoir et de positif. Pendant cette virée, Armande restait auprès de Pétronille à marcher le long de la côte, à écouter les récits et mythes bretons. Parfois, Hannah, la femme de Guénolé se joignait à elles. Médecin de campagne, elle avait peu de temps, mais quand elle en avait, elle le partageait entre sa famille et Pétronille.

– Un puits de science ! Incroyable tout ce qu'elle sait sur les plantes et leurs effets sur l'homme. Un vrai Druide !

– Ou une sorcière, avait ri Guénolé.

– N'importe quoi !

Il était vrai que Pétronille maîtrisait la médecine par les plantes. Combien de fois avait-elle entraîné Armande dans son sillage pour cueillir les plantes sauvages nécessaires à un soin ? Combien de fois lui avait-elle expliqué comment cultiver thym et autres plantes aromatiques ? Pétronille avait deviné la main verte d'Armande tandis que Marin en profitait au quotidien, les effluves d'orchidées, d'aromates embaumant leur logement. Pendant la maladie de son mari, elle avait appliqué, avec succès, les leçons de Pétronille et fabriqué infusions et onguents pour soulager la douleur

Aujourd'hui, elle cherchait une librairie. La légende de Siméon l'avait marquée et elle voulait en apprendre davantage. Le libraire, n'ayant pas de quoi la satisfaire, lui indiqua un bouquiniste au bout du village.

– Je ne sais s'il est ouvert, mais, chez lui, votre recherche devrait aboutir.

Poupette en tête, elles arrivèrent devant un ancien moulin réhabilité. La vitrine était un peu sombre, mais laissait deviner des étagères bien remplies. En revanche, la boutique était fermée. Déçue, Armande allait faire demi-tour quand les aboiements de Poupette lui firent poser les yeux sur une petite pancarte.

– En cas d'absence, s'adresser à la Pharmacie Benoît. Eh bien, allons-y.

 Elle attendit patiemment son tour, dans une pharmacie bondée, pour présenter sa requête. Le pharmacien lui demanda ses coordonnées afin de les transmettre au propriétaire, « Un vieil homme qui ne peut être là tout le temps ». Une heure plus tard, son téléphone sonnait.

– Madame Dieumerci ?

– Elle-même.

– Gaspard Chrétien. Je suis le bouquiniste de Pont-Aven.

– Bonjour Monsieur.

– Êtes-vous une Dieumerci liée aux Maisondieu ?

– Oui et non. Je suis l'épouse de Marin Dieumerci.

– Le petit qui vient de mourir ?

– Oui.

– Quelle saloperie que tout cela ! Écoutez, je ne peux pas me déplacer. J'ai eu ma dialyse ce matin et elle m'épuise. C'est que je ne suis plus tout jeune, vous savez. J'habite Riec-sur-Bélon. Ce n'est pas loin, mais à mon âge, tout devient compliqué. Si vous pouvez, repassez à la pharmacie, ils vous donneront les clés.

– Vous avez confiance.

– Pour une fois que quelqu'un veut entrer dans mon antre, je ne vais pas refuser. Une Dieumerci en plus ! Je suis un Chrétien, apparenté aux Maisondieu par une tante, une sœur du père de Pétronille. On est de la même famille, même si vous êtes une pièce rapportée, s'empressa-t-il d'ajouter en riant.

Armande raccrocha en souriant. Sourire qui ne la quitta plus de la journée, notamment après avoir ouvert la porte de la boutique. La première chose qui la frappa fut l'odeur de renfermé associée à l'odeur de vieux livres. Ensuite, ce fut l'amoncellement d'ouvrages, certains posés sur des étagères, d'autres en piles un peu partout. La pièce était partagée en trois allées : deux à droite de l'entrée et une centrale, la plus grande, donnant accès au comptoir. Entre chaque, des piles non classées supposa-t-elle.

– Eh ben, il y a drôlement besoin de rangement !

Armande appréciait peu le désordre quand ce dernier n'était pas utile.

– Ça ne va pas être facile de trouver quelque chose là-dedans.

Mais le summum fut atteint quand, attirée par l'attitude de Poupette devenue très excitée, elle poussa une porte et découvrit ce qui semblait être une herboristerie. Elle ne pouvait pas se tromper : albarelles et pots canon pour les onguents, chevrettes pour les remèdes liquides, piluliers, jarres pour les huiles, tous se côtoyaient et parfumaient de leur contenu la pièce, éclairée par un pâle filet de lumière. Armande resta médusée. Poupette, quant à elle, sautillait partout.

– Alors ça, c'est fantastique. Si grand-mère Pétronille était là... Elle ferait comme toi, elle danserait de joie.

Armande flâna un long moment dans l'herboristerie. Elle grimaça en voyant les plantes séchées faute d'arrosage et encore plus en retournant dans la boutique, où le chaos régnait en maître. Elle resta un instant méditative puis se décida à fouiller. Elle ignorait en quête de quoi, mais elle commença à errer entre les rangées d'étagères. Elle était tellement absorbée par sa tâche qu'elle ne vit pas les heures passer. La sonnette tintinnabula, la sortant de sa rêverie.

– Tout va bien ?

C'était le pharmacien qui venait aux nouvelles.

– Oui, euh, pardon, je vais vous rendre les clés.

– Ah, mais, prenez votre temps ! Je voulais seulement m'assurer que vous n'aviez pas été attaquée par une pile de livres. La caverne de Gaspard est un vrai plaisir, qui devient dangereux pour peu qu'on ne regarde pas où l'on met les pieds !

– Il est vrai que le rangement est spécial, mais non, jusqu'à présent tout va bien.

– J'aime bien cette boutique. Elle est aussi vieille que Pont-Aven. Et il y a une herboristerie à côté !

– Oui, j'ai vu. Mon chien est curieux, avoua-t-elle un peu gênée.

– Il a senti les odeurs.

– J'en ai peur.

– Gaspard est le dernier de sa génération. Son grand-père Melchior a fondé la boutique, son père Baltazar a pris la suite. Il ne reste plus personne après lui.

– Il n'a pas d'enfants ?

– Si. Trois. Mais aucun n'est intéressé. Ni ses neveux. Les secrets des plantes dans un monde connecté, ça n'attire pas.

– C'est vraiment dommage. Peut-être trouvera-t-il un successeur.

– Il va falloir qu'il se dépêche. La science des plantes demande un long apprentissage.

– C'est ce que disait Pétronille. La grand-mère de mon mari.

– Il n'est pas avec vous ? s'étonna le pharmacien.

– D'une certaine façon, si. Je suis veuve.

Elle avait trouvé la formule plus douce que « mon mari est mort ».

– Oh, pardon…

– Ne vous excusez pas. Vous ne pouviez pas savoir.

– Écoutez, je dois y aller. Restez autant que vous voudrez. Gaspard était très content de votre venue. Et puis peut-être trouverez-vous le Graal !

Elle le laissa partir, allait reprendre ses recherches, quand Poupette signifia qu'elle avait faim et envie de faire pipi.

– D'accord, mais avant on va prendre les deux plantes, là. Je suis sûre qu'on peut les soigner.

Elles rentrèrent se sustenter, puis Armande entreprit de sauver ce qui pouvait encore l'être. Les deux plantes étaient de la famille des arums et il n'était pas question de ne rien tenter, d'autant qu'elles étaient faciles à cultiver. Elle coupa ce qui devait l'être, arrosa un tout petit peu, gratta la terre pour semer son marc de café, fertilisant des plus naturels. L'après-midi, elle retourna dans la boutique. Poupette s'installa dans un coin, encourageant, approuvant par ses jappements les trouvailles de sa maîtresse. Armande ne s'était jamais sentie aussi bien. Pas parce qu'elle était occupée, mais parce qu'elle était dans un univers de rêve. Elle ne put s'empêcher de faire le tour de l'herboristerie prétextant le soin des plantes encore présentes, alors qu'en réalité, elle jaugeait de ce qui pouvait être rangé et comment. Gaspard Chrétien l'appela vers seize heures.

– La pharmacie m'a dit que vous étiez toujours là ? s'étonna-t-il assez content.

– Oui, pardon. Je… J'avoue que je ne sais pas quoi choisir et le choix est abondant.

– Vous cherchiez quelque chose de précis ?

Elle hésita.

– On m'a raconté la légende de Siméon.

– Quelle belle histoire ! Et que voulez-vous trouver chez moi ?

– Je ne sais pas. Un livre parlant de lui, de cette époque.

– Alors, il faut aller… Vous êtes où, là ?

– Dans votre boutique.

– Oui, mais où ?

– Alors, dans l'allée la plus à droite quand on entre.

– Bien. Allez dans la rangée tout à gauche de l'entrée.

– C'est fait.

– Bien. Voyons que je me rappelle. Trouvez la Bible ! Et quand vous aurez trouvé la Bible, vous serez dans l'univers de la religion catholique avec tous les récits des Croisades.

– Les Croisades ? douta Armande.

– Mais oui ! La légende est liée aux Croisades.

– Ah.

– Qui vous a parlé de Siméon ?

– Un homme, âgé, mais je ne me rappelle plus son nom.

– Un ventre rebondi, une barbe de marin et une longue pipe ? proposa-t-il après un moment.

– Oui !

– Émile Loubet ! Bon, alors, il vous a raconté quoi ?

– Que Siméon avait forgé les clous de la Passion et qu'il était arrivé jusqu'ici pour sa rédemption.

– Il vous en manque un morceau alors. Bon. Allez dans l'herboristerie. Du côté des infusions. Elles sont...

– Dans des albarelles.

– Mon Dieu ! Vous connaissez ?

– Oui. Je n'ai pas grand mérite : mon grand-père maternel était faïencier.

– Incroyable !! Et vous connaissez les vertus médicinales des plantes ?

– Un peu. Grand-mère Pétronille a fait mon éducation. Mais je suis loin de votre savoir.

Le vieil homme dit d'une voix étranglée :

– Dieu merci, vous êtes là.

Armande sourit. Le jeu de mots avec le nom de son mari l'amusait toujours.

– Allez vous faire une infusion parce que votre recherche risque d'être longue ! Il doit y avoir une bouilloire datant de Mathusalem, mais qui fait de la bonne infusion ! Prenez le pot au milieu. Il doit y avoir écrit

– Passiflore ?

– Oui ! Mais ne vous affolez pas, il est rempli de sachets différents. C'est fait ?

– Oui, attendez, je mets le haut-parleur.

– Bien. Prenez les feuilles de mûrier, de la menthe et du thym.

Il entendit un bruit de « farfouillage ».

– Voilà.

– Prenez la balance et mesurez quinze grammes de feuilles de mûrier, dix grammes de menthe et dix grammes de thym. Après, vous irez chercher de l'eau, une casserole dans l'arrière-salle et vous plongerez le tout dans l'eau bouillante. Mais moyennement bouillante. C'est votre chien qui jappe ?

– Oui. J'ignore pourquoi. Poupette, arrête, je dois mesurer. Voilà. Quinze grammes.

Poupette, les yeux rivés sur la balance, jappa et grogna.

– Mais enfin, Poupette. Qu'est-ce qui ne va pas ? Dix grammes de menthe.

Poupette jappa, mais de contentement.

– Dix grammes de thym.

Nouveau grognement. Prise d'un doute, Armande tenta.

– Quinze grammes ?

Grognement.

– Plus ?

Grognement.

– Moins ?

Aboiement.

– Quatorze ? Treize ? Douze ?

Aboiement.

– Vous faites quoi ?

– Je préfère ne pas le dire, c'est trop absurde.

– Oui, oh, ben, dites quand même.

– Poupette, mon chien, ne semble pas d'accord avec vos propositions.

– Votre chien ?

– Oui. Je vous dis que c'est absurde.

– Ben, ça.

– Ça n'a pas l'air de vous étonner.

– Oh, vous savez, en Bretagne, rien ne nous étonne. Enfin, rien d'extraordinaire.

Il l'entendit rire.

– Mais si ! Je vous assure ! Tiens, vous connaissez l'histoire de Naïa ? Une vieille femme avec un âge indéfinissable. Elle vivait dans les ruines du château de Rochefort-en-terre[5]. Elle faisait ce qu'elle voulait du feu, prédisait l'avenir. Une vraie sorcière. Avec des yeux blancs voilés. C'est Charles Géniaux qui l'a rendue célèbre. Allez dans la boutique. Allée de gauche en sortant, rangée du milieu tout au bout à gauche. Vous trouverez son livre avec des photos.

Armande termina de peser, suivant les conseils de Poupette et fit ce qu'il lui demandait.

– Vous l'avez ?

– Oui.

Armande découvrit une femme aux yeux blancs, adossée à un mur, prenant des poses suggestives devant le photographe ou lisant les lignes de la main.

---

[5] Charles Géniaux, Naïa la sorcière de Rochefort-en-terre, Stéphane Batigne éditeur, 2015.
Reportage Arte : https://www.rochefortenterre-tourisme.bzh/naia-sorciere-de-rochefort-terre/

– On la disait sorcière. Certains pensaient qu'elle avait le don d'ubiquité. D'autres qu'elle était immortelle. Elle a disparu dans les années vingt.

– Son immortalité est donc un mythe.

– Vous savez, Armande, les mythes ont la vie dure. Rien ne dit qu'elle est morte. Endormie peut-être sous un menhir en attendant un réveil proche. Réincarnée dans un corps qui ignore qu'il est occupé par deux âmes. Dites, l'infusion !

– J'y vais.

Il entendit les bruits de cuisine : casserole qu'on prend, qu'on pose, eau qui coule, craquement de l'allumette. Depuis son fauteuil, il fixa le Christ au-dessus du mur.

– Merci, lui murmura-t-il. Alors ?

– Alors, j'attends cinq minutes.

Grognement.

– Six ? Sept ? Huit ? Bon, ben huit minutes.

– Vous devriez ouvrir les volets, parce que ça doit être sombre, lança-t-il soudain se rappelant que l'officine était fermée.

– Ah, oui, ça va mieux.

Armande siffla.

– C'est superbe en fait. À part les plantes... Tiens, j'ai emprunté vos arums pour essayer de les faire revenir à eux.

– Je crains que ce ne soit trop tard.

– Je vais essayer. Ce sont des plantes coriaces. Elles ne se laissent pas avoir comme ça.

– C'est prêt ! claironna-t-il. Faut filtrer !

Il entendit le bruit de vaisselle qu'on bouge, l'eau qui passe dans une passoire. Il sentait même l'odeur de son infusion.

– Alors ?

– C'est un peu chaud. Mais cela sent très bon.

– Bon, embarquez votre tasse qu'on trouve vos livres.

Elle fit ce qu'il venait de dire et passa le reste de la journée à déplacer les ouvrages, citer les noms, écouter les « Non, ça ne va pas », « Mais, il n'est pas à sa place ! » « Non, c'est trop récent » « Ça, c'est pas mal », le tout agrémenté des aboiements de Poupette et de sa délicieuse infusion.

– Bon, il se fait tard. Gardez les clés et si vous pouvez, revenez demain. On finira par trouver.

Armande referma les volets, la porte et retourna à son gîte avec un livre sur les objets de la Passion. Une fois rentrée, elle prépara le repas de Poupette et se mit à travailler : Madame Kowalski ayant laissé une tonne de messages « Dieumerci ! Décrochez ce téléphone ! Dieumerci, arrêtez de papoter et faites votre travail ! ». Quand Armande se coucha, elle avait préparé, envoyé tout ce dont le cabinet avait besoin. Nora Kowalski, au fil des jours, trouva que le travail se faisait plus vite et tout aussi bien. Oui, mais voilà. Le bureau était vide. Pas d'Armande ni de Poupette. Pas de bruit de paquet de bonbons qu'on ouvre- parce que sa secrétaire mangeait des oursons en guimauve - triste découverte que fit Annaëlle alors à la recherche de trombones, elle qui se privait pour rester mince. Pas de visite du chien non plus. Nora éprouvait une sorte de malaise ? Mal être ? Bref, il y avait un truc qui n'allait pas.

♪

Armande et Poupette, après une très bonne nuit de sommeil, retournèrent le lendemain à la boutique. Elles ouvrirent les volets, laissèrent un message à Gaspard et recommencèrent les fouilles. Armande fit une pile de ce qu'elle trouvait, réorganisa l'agencement de l'étage « Religion catholique » par ordre alphabétique au départ, puis par thèmes, car le premier système ne lui plaisait pas. À midi, elle eut la visite du pharmacien.

– Vous explorez toujours ?

– Oui. Monsieur Chrétien m'a aidée hier, mais je n'ai pas eu beaucoup de succès.

– Dans ce cas, bonne chance !

Il partit en se disant que le monde était parfois bien étrange. En même temps, on était en Bretagne ! L'impossible n'existait pas. La preuve : un député normand se présentait à la députation du Finistère. Peur de rien celui-là. Le pharmacien n'était pas chauvin, mais tout de même.

Gaspard Chrétien appela en début d'après-midi.

– J'espère que ça va. Ne m'en veuillez pas, mais j'ai quatre-vingt-cinq ans et je commence à me faire vieux. J'ai eu du mal à me lever, après il y a eu l'infirmière.

– Ce n'est pas comme si c'était moi qui vous embêtais avec mes recherches.

– Tudieu ! Heureusement que vous êtes là ! Ça me donne un peu d'espoir. Ça me prouve que ma boutique a encore de l'avenir.

– Alors, justement. J'ai peut-être fait une bêtise, mais des touristes sont entrés. Le monsieur voulait un policier et la dame un thriller. Ils ont acheté cinq livres, mais moi je n'avais pas les prix. J'ai fait au pifomètre.

Elle l'entendit s'esclaffer.

– Incroyable ! Vous êtes incroyable ! Combien les avez-vous vendus ?

– Je me suis fiée aux brocantes que nous faisions avec Marin. Deux euros le volume.

– C'était des récents ?

– Oui.

– Eh bien, c'est parfait. C'est le prix. Sous le comptoir, vous avez un cahier avec des références. Prenez-le si jamais vous avez d'autres acheteurs. Et vos fouilles ?

– J'ai retrouvé des livres.

Elle lui dicta.

– Non, ça ne va pas. Vous avez fait tout le rayon ?

– Non. Seulement la rangée du milieu.

– Bon, il faut chercher du côté des Templiers, Chevaliers de Malte. Mais attention, il ne faut pas prendre ceux-là. Il faut un livre sur les Chevaliers du Saint Sépulcre de Jérusalem. Ils sont les protecteurs des reliques de la Passion. Leur origine est assez obscure : certains disent que d'un titre personnel, on a créé un ordre et d'autres qu'ils sont nés avec Godefroy de Bouillon. On pense qu'il s'agit de chanoines auxquels se sont associés des laïcs venus pour s'occuper des choses matérielles. Puis, lors de la deuxième croisade, une classe de chevaliers se serait formée. Leur symbole rappelle la croix des Templiers : une croix rouge entourée de quatre petites croix placées dans chaque angle.

– Quel rapport avec Siméon ? s'étonna-t-elle.

– On raconte qu'à son retour en Terre Sainte, il était changé. Sa famille ne se convertit pas, mais garda en son cœur une place pour le Dieu des chrétiens. Une place suffisamment grande pour protéger les clous de la Passion. Siméon avait cerné le cœur des hommes. Il savait ce que ces objets pouvaient signifier et ce qu'une âme mal intentionnée pouvait en tirer. Il décida, alors, de les soustraire au regard des hommes.

– Les reliques sont à la Sainte-Chapelle, fit remarquer Armande.

– C'est ce qui se dit. Mais on dit aussi que les clous se transmirent de génération en génération dans la famille de Siméon jusqu'à un seigneur du Saint Sépulcre qui, voulant respecter la volonté du forgeron, les apporta ici, en Bretagne. Il se maria et fonda une famille gardienne des instruments du supplice.

Armande souriait.

– J'ai dit quelque chose de drôle ? demanda-t-il entendant son sourire.

– Non. Marin avait adoré le *Da Vinci Code* ; il aimait les récits ésotériques prouvant que l'homme était bien loin des réalités et que ce qui était précieux était préservé de sa malignité. Il aimait les récits de chevaliers qui doivent protéger un testament, un évangile inédit remettant en question les fondements de l'Église. Il aurait aimé votre histoire.

– Vous n'y croyez pas ?

– Je ne sais pas. Je ne pense pas qu'il faille croire ou pas. Il y a des faits : quelqu'un a forgé les clous de la Passion ; les Croisades ont bien eu lieu ; des reliques ou des objets considérés comme reliques ont été vendus ; les actions des hommes naissent de leur envie de pouvoir. Les histoires qui sont liées à cette période sont peut-être fausses, mais elles ont une raison d'être.

Le vieil homme restait silencieux, la laissant poursuivre.

– Mon mari était très croyant et pratiquant. Je ne le suis pas. J'ai une culture religieuse, mais je crois surtout aux faits. Si la Résurrection existe, elle a une raison ; si la réincarnation existe, elle a une raison.

– Si vous êtes ici, il y a une raison.

– Oui. Cette raison est Siméon.

– La rédemption de Siméon.

– Oui, sa rédemption.

– Moi, je pense que cette histoire est vraie. Je pense que la Bretagne est peut-être la seule région de France qui puisse allier légende et réalité. Nous avons eu peu de procès en sorcellerie. Trois, je crois. Alors que d'autres régions ont flambé. Pourquoi ? Vous l'avez justement dit : question de pouvoir. Ici, religion et pouvoir sont mariés. Mariage indissoluble. Naïa, Siméon, l'Ankou ne sont pas que du patrimoine ou du folklore. Ils ont une réalité. On leur donne l'apparence que l'on veut, mais ils sont une partie de nous. Je suis convaincu que le seigneur croisé a protégé les clous. Qu'ils sont en Bretagne et que personne ne les trouvera jamais.

– Pourtant, ils sont vénérés de par le monde.

– Oui, mais moi, je dis qu'ils sont en Bretagne.

– Et vous avez peut-être raison. Dans les Vosges, on raconte l'histoire de la fée Polybotte. Elle était installée dans une grotte près de Gérardmer. Elle était laide et méchante. Un jour, un chevalier se réfugia dans sa grotte. Elle déploya alors tous ses charmes — enfin sa richesse — pour le garder, mais il souhaita rentrer. Elle fit semblant de lui accorder cette faveur et au moment où il s'apprêtait à franchir le seuil de la grotte, un bloc de glace l'emprisonna à jamais. C'était une façon d'expliquer la présence de la glace à cet endroit.

– Les contes et légendes ont cette fonction. Expliquer l'inexplicable.

– Comme la bête du Gévaudan.

– Parfaitement ! Ce qui est important n'est pas de savoir si les clous sont ceux de la Passion, mais de comprendre ce qui a poussé un homme à les mettre à l'abri, un croisé à se proclamer protecteur des reliques de la Passion. Que cherchaient ces hommes ?

– Ce que nous cherchons tous : des réponses à nos questions.

Poupette jappa.

– Poupette est d'accord. Est-ce que je peux encore rester et fouiller un peu ?

– Armande, vous êtes ici chez vous. Je vous appelle Armande, hein, parce qu'on est de la même famille ! Vous pouvez m'appeler Gaspard. Et sortez le livre de références, on ne sait jamais.

Gaspard Chrétien eut du nez. Armande vit arriver plusieurs clients. Certains furent rebutés par l'aspect de la boutique ; d'autres s'en réjouirent. Elle vendit quatre nouveaux livres sur les légendes de Bretagne.

– Heureusement que j'avais lu le cahier, parce que ce n'est pas avec les étiquettes qu'on allait se repérer.

– Bonjour, fit un homme entrant dans la boutique.

– Monsieur, le salua Armande.

– Gaspard est là ?

– Non. Il est chez lui.

– Vous êtes ?

– Armande Dieumerci. Je tiens sa boutique aujourd'hui.

– D'accord. Bon, ben je repasserai.

– Avec plaisir.

L'homme était tout chose. Gaspard pas là, cette femme, à son aise. Surtout, il n'avait pas pu parler au vieil homme. Il aurait pourtant bien eu besoin de ses talents d'herboriste.

5

– Guénolé ? C'est Armande. Je sais que tu viens, mais j'ai un contretemps.

– Du genre ?

– Du genre, une livraison de livres à la boutique.

– Mais bien sûr.

– Écoute, c'est long à expliquer. Je suis chez le bouquiniste de Pont-Aven.

– Parce qu'il y a un bouquiniste ? Ok. C'est où ?

– Dans un moulin réhabilité, derrière la pharmacie Benoît.

Guénolé raccrocha, enfourcha son vélo, demanda son chemin au premier Pontaveniste venu et débarqua très intrigué au bout de l'impasse.

– Ah, d'accord, fit-il, descendant de vélo.

– Monsieur, le salua un homme de forte stature.

– Monsieur, répondit-il inclinant la tête.

– Guénolé !

– Tu m'expliques ?

– Monsieur est brocanteur et il est venu livrer des caisses de livres à Monsieur Chrétien.

– D'accord. Donc qui est Monsieur Chrétien et qu'est-ce que tu fais dans cette boutique ?

– C'est une longue histoire.

– Eh, ben tu me raconteras à midi, parce que là, je crois que vous avez besoin d'aide.

– Ah, ben, ce n'est pas de refus.

Il leur fallut deux heures pour vider la camionnette. Deux heures pour stocker les livres au grenier. Vaste, mais déjà bien rempli. Il y avait bien la cave, mais Armande la referma aussi vite qu'elle l'avait ouverte « C'est complet, il y a juste un espace pour qu'une personne circule ». Le grenier n'étant accessible que par un escalier en colimaçon, ils firent une chaîne : le brocanteur déposait le carton au pied de l'escalier ; Guénolé le montait et Armande le réceptionnait sur le seuil pour ensuite aller le ranger dans le fond. Enfin, là où il y avait encore de la place. Une fois leur labeur terminé, elle partit à l'épicerie voisine chercher de quoi apaiser la soif, se doutant bien qu'une infusion aurait déclenché peu d'enthousiasme. Quand elle revint munie de sodas et autres eaux pétillantes, elle trouva les deux hommes en pleine discussion.

– Vous allez reprendre la boutique ?

– Euh, non. J'étais venue chercher un livre et une chose en a entraîné une autre.

– Un coup de chance que vous soyez là. Je passe seulement lorsque mon camion est plein, c'est plus rentable vu que je suis pas du coin. Je suis du côté de Pontivy mais je connais Gaspard depuis que je suis petit. J'ai repris la brocante d'un oncle qui livrait déjà ici. Une sacrée affaire ! La brocante revient à la mode, les clients veulent de l'ancien avec une histoire. Ou de l'ancien à rénover. Je satisfais leurs rêves.

Tandis qu'il discutait avec Armande, Guénolé, canette en main, circulait dans les allées.

– Mince ! C'est quoi, ça ? s'écria-t-il découvrant l'herboristerie.

Fasciné, il fit le tour, lut toutes les étiquettes, s'imprégna de l'ambiance. Sa concentration fut interrompue par le départ du brocanteur.

– Tenez, je vous laisse ma carte. Si je ne suis pas là, dites que vous êtes la dame qui a repris la boutique de Gaspard. Je saurai que c'est vous.

Il ne lui laissa pas le temps de répliquer qu'elle ne reprenait rien du tout et quitta l'impasse bien content de lui. Regardant l'heure, il laissa un message à Gaspard lui signifiant la livraison, qu'il passerait la semaine prochaine pour se faire payer et lui dire que peut-être ce serait bien de proposer à la dame de reprendre la boutique « parce qu'elle maîtrise ».

Guénolé, quant à lui, s'installa sur une marche de l'escalier et attendit qu'Armande finisse de ranger. Il avait prévu une balade à vélo avec pique-nique et entendait bien réaliser son projet.

Ils partirent donc en voiture jusqu'aux halles de la commune Le Faouët. De là, il guida Armande dans des endroits à la nature préservée, Poupette dans le panier arrière, saluant par ses aboiements courts et joyeux tous les passants qui ne pouvaient s'empêcher de lui rendre son bonjour « Regarde le chien comme il est rigolo » « Bonjour à toi aussi le chien ». Armande avait déjà vu les chapelles, mais à vélo, l'approche était différente. D'ailleurs, ce n'était pas les mêmes chapelles. Ici, elle était au pays du roi Morvan. Le cœur de la Bretagne, le monde du savoir ancestral, des secrets, des fées et autres Korrigans. Mieux que Brocéliande selon Guénolé. Ils firent halte au détour d'un sentier, près d'une fontaine.

– Et voici, le meilleur moment ! Dégustation d'andouille de Guémené et ton histoire avec la boutique.

Armande, Poupette allongée à ses pieds mâchouillant ses croquettes, commença un récit que Guénolé écouta avec beaucoup d'attention. Au loin, un meuglement se fit entendre. Poupette, dressant les oreilles, se mit à grogner.

– Eh ben ?

– Elle entend la vache.

Armande écouta aussi.

– Elle souffre.

Son ami la regarda avec étonnement.

– Mes grands-parents habitaient à côté d'une ferme.

Il reprit sa mastication.

– Écoute, il faut qu'on aille voir, lui dit-elle se levant. Je ne supporte pas les cris d'un animal qui souffre.

Il acquiesça.

– À mon avis, ça vient de là.

– De là, plutôt.

– Tu crois ?

– Poupette regarde dans cette direction.

– Ah, ben, si Poupette s'est transformée en GPS, s'amusa Guénolé.

Ils trouvèrent le pré et la vache dont le pis gonflé ne laissait aucun doute sur les raisons de ses meuglements continus. Guénolé, assis sur une souche, observa son amie traire l'animal, enfin soulagé qu'on s'occupe de lui tandis que Poupette courait dans tous les sens, jappant de-ci, de-là.

– C'est une rigolote, ta Poupette.

– Oui, elle change. Elle devient espiègle.

– Ah ah, c'est l'air de la Bretagne ! Tu sais que tu me rappelles l'histoire de l'île de Lok[6]. Houarn avait quitté Bellah pour acheter une vache et un pourceau à un prix plus bas que Lanillis. En chemin, il rencontra la fée de Lok.

Poupette grogna.

– Quoi ? Il rencontra la fée de Lok qui le séduisit. Mais au moment de l'épouser, il entendit les voix des poissons qui allaient lui servir de repas. Grâce au couteau donné par Bellah, il découvrit qu'il s'agissait d'un sortilège. Il voulut s'enfuir, mais fut changé en grenouille. Il fit tinter la clochette qui pendait autour de son cou et Bellah vint le chercher. Oui, parce qu'elle lui avait donné une clochette magique. Sa fiancée le délivra et ils repartirent avec des pierres précieuses.

Armande se mit à rire.

– Quoi ?

– Poupette gémit de douleur à t'écouter.

Il rit.

– Oui, ben, tu as compris l'idée.

Elle termina sa traite, au grand soulagement de la vache.

– Voilà, ma belle. Va rejoindre ton troupeau.

---

[6] Souvestre, de La Barre, Luzel, Contes et légendes de Basse Bretagne, bibliothèque électronique du Québec.

– S'il y en a un, parce que je crains qu'elle ne soit toute seule.

– Elle a dû se sauver. Son propriétaire ne s'en est pas encore aperçu.

– Je propose qu'on se promène un peu dans le coin, que je ne connais pas, ne serait-ce que pour manger le dessert.

Poupette refusa de monter dans son panier et se mit à gambader devant eux. Soudain, elle piqua un sprint obligeant les deux touristes à accélérer la cadence. Elle les mena tambour battant dans un hameau qu'elle traversa à la vitesse de l'éclair pour piler devant une ferme. Là, elle se mit à sauter, à aboyer comme une forcenée jusqu'à ce qu'Armande posât son vélo.

Sans les attendre, le chien se précipita sous le porche en pierre signalant l'entrée de la ferme. Armande et Guénolé se mirent en devoir de la suivre afin d'éviter toute catastrophe. Franchissant l'entrée, ils firent face à une longère d'architecture bretonne, flanquée sur sa gauche d'une grange, un peu séparée du corps de logis, et d'un espace arboré sur sa droite. Guénolé siffla d'admiration.

– Ça, c'est de la bâtisse.

Armande était, elle aussi, admirative. Le corps de logis faisait toute la largeur de la cour et avait deux étages parsemés de fenêtres alors que le rez-de-chaussée se composait d'une large porte en bois cloutée et de deux ouvertures. Sur la gauche, une double porte en bois donnait accès à la grange, haute de trois étages, dépassant le corps de logis, et presque aussi longue que le bâtiment principal. Quant à l'espace arboré, il se clôturait par un bassin. Le calme et le silence monacal qui régnaient en maître furent brisés par les jappements de Poupette qui courait d'un bâtiment à l'autre, frottant son museau contre les portes, se précipitant vers Armande pour freiner des quatre fers et opérer un demi-tour.

– Eh ben, elle est drôlement contente ! Bon, ben, moi, je dis qu'on devrait se mettre sur le banc, là, et prendre notre dessert.

– Guénolé…

– Quoi ?

– On va retourner devant le bâtiment et prendre le dessert.

– Pourquoi pas ici ?

– Oh, je ne sais pas, peut-être parce que c'est une propriété privée…

– Merde ! Oui ! Quel crétin.

Ils mangèrent tranquillement, devisant sur la beauté de la demeure, laissant Poupette courir à perdre haleine dans la cour, quand la fin de la journée les cueillit sans qu'ils s'en rendissent compte. Guénolé déposa Armande à son gîte puis passa sa soirée à raconter leurs péripéties à sa femme.

– Guénolé, tu ne sais vraiment pas raconter, soupira Hannah.

Son mari leva les yeux au ciel.

– Nan, mais je suis Breton, je sais raconter.

– Mais oui, mais oui.

Lucille écouta aussi religieusement le récit d'Armande. Quand elle raccrocha, elle était convaincue que sa belle-sœur devait s'installer en Bretagne. Armande rendit avec regret les clés de la boutique, du gîte et reprit la route des Yvelines, des images plein la tête.

♪

– Dieumerci ! C'est quoi ce bruit ? l'interpella Nora depuis son bureau.

– C'est Poupette.

– Poupette ?

– Elle ronfle.

Nora garda un instant la bouche ouverte de stupéfaction. Depuis le retour de Bretagne, elles eurent deux effets secondaires à gérer. Les ronflements...

– Dieumerci ! C'est quoi cette odeur !

Nora venait d'entrer dans le bureau. Poupette avait pris l'habitude de l'accueillir en dansant autour d'elle. Mais aujourd'hui, elle faisait dans la nouveauté.

– C'est Poupette.

– Vous plaisantez !

– Non.

– Mais…

– Oui, elle flatule.

– Dieumerci ! C'est…

– Innommable. Oui, je sais.

– Mais ouvrez…

– C'est fait.

– Vous lui avez changé son alimentation ou quoi ?

– Non. C'est tout pareil. Sauf que maintenant, elle flatule.

– Super.

– Je la laisserai à la maison.

Gémissements.

– Non, mais c'est bon. Elle ne va pas s'exprimer tout le temps.

Armande se pinça les lèvres.

– Ah. Eh, ben, on fera avec. Merci la Bretagne, grognonna Nora.

6

– Alors, de retour en Bretagne ?

Perdue dans ses pensées, Armande ne l'avait pas vu arriver. Il s'installa, débonnaire, à côté d'elle, Poupette, signalant par de petits jappements qu'elle était contente de le voir.

– Vous êtes venue voir Marin ? C'est bien. Ils doivent en faire des carabistouilles avec Pétronille.

Grognements marquant l'indignation.

– Parce que ce n'était pas la dernière pour se faire remarquer.

Il se tut, profitant lui aussi du temps frais, un peu humide, mais agréable. Ce jour-là, le silence dominait. Il ne chercha pas à le rompre, il attendit patiemment qu'elle se livre.

– Vous connaissez Gaspard Chrétien ?

– Oui. Un vieil ami.

Plus rien ne fut dit. Ils passèrent le reste de l'après-midi à regarder l'océan. De retour à Pont-Aven, Armande, guidée par une Poupette surexcitée, débarqua devant l'herboristerie. Un homme, assis sur une borne à proximité, les épaules affaissées, laissait entrevoir un profond abattement. Il lui jeta un regard d'une telle tristesse en disant « Gaspard n'est pas là » qu'elle se précipita à la pharmacie pour demander les clés. La reconnaissant, le pharmacien les lui confia en lui disant de les garder « Puisque de toute façon, vous êtes la seule à vouloir y entrer ».

– Venez, je vais voir ce que je peux faire.

L'homme resta un instant interdit puis la raison lui revint, grâce à une Poupette accrochée à son bas de pantalon le tirant à l'intérieur de la boutique. Armande appela Gaspard Chrétien qui lui demanda le nom de la personne.

– Mais oui ! Monsieur est un patient ! Quel idiot de l'avoir oublié ! C'est la période à laquelle il vient prendre son stock. Bon, Armande, vous allez être mes mains.

Une scène assez surréaliste commença. Suivant les conseils de Gaspard, elle prépara un onguent. Elle alla chercher le macérât, fort heureusement déjà prêt ; la cire d'abeille et quelques huiles essentielles. Sous la dictée, elle mélangea, tourna, broya tandis que Poupette donnait son approbation ou non en aboyant ou grognant. Le patient, lui, s'était installé sur un bord de fenêtre et l'observait.

– Vous savez ce que vous faites, fit-il enfin.

Sans lever les yeux de sa préparation, elle lui répondit.

– La grand-mère de mon mari m'a montré. Ce n'est pas compliqué en soi, ce sont les dosages auxquels il faut faire attention. Sans compter que selon les personnes, l'effet n'est pas le même. Sinon, c'est simple.

Poupette grommela.

– Votre chien n'a pas l'air d'accord.

Armande sourit.

– Oui, c'est vrai, on dirait qu'elle participe aux conversations.

– Votre mari n'est pas avec vous ?

– Il est mort.

L'homme rougit.

– Pardon.

– Ce n'est pas de votre fait. Vous ne pouviez savoir.

Il se tut, puis reprit.

– Je crois qu'on s'imagine toujours que les autres ont la même vie que nous. Je suis divorcé. Le veuvage m'est inconnu. Surtout pour une femme si jeune que vous.

Elle sourit.

– Jeune, ça devient discutable.

– C'est dommage tout ça.

Il poursuivit.

– Gaspard va devoir vendre et il n'y aura plus d'herboristerie. L'État a interdit l'ouverture de nouvelle officine de cette catégorie. Donc s'il n'y a pas de suite, il n'y a plus rien. Aucun des enfants n'est intéressé. Je crois qu'ils attendent de vendre l'intérieur pour transformer la boutique.

– La transformer en quoi ?

– On est à Pont-Aven : galerie, gîte, restaurant, boutique souvenirs, location de vélos. Le choix est vaste.

Armande fit le tour de la pièce du regard.

– C'est vraiment dommage, en effet.

La sonnette retentit.

– Ah, tu vois, je t'avais bien dit qu'on la trouverait ici !

Guénolé et son épouse firent irruption dans la pièce. Hannah l'embrassa longuement et affectueusement.

– Pardon, fit-elle se tournant vers l'homme présent et lui tendant la main.

– Yvon Lescort-Poërt.

– Hannah Gorffic. Et le monsieur qui joue avec le chien est mon mari, Guénolé.

– Ce n'est pas un chien, mais Poupette ! s'offusqua à demi le mari en question.

– Alors, c'est toi, Poupette. J'ai beaucoup entendu parler de toi, tu sais. Il paraît que tu joues les GPS.

Ladite Poupette jappa et se présenta pour être caressée.

– C'est quand même beau, ici, remarqua Hannah admirant la pièce. Bon, tu viens avec nous ? On a préparé le repas ! On s'invite dans ton gîte !

– Je n'ai pas encore terminé.

– Terminé ?

– J'ai encore deux onguents à préparer.

– Deux onguents ?

– Oui.

– Dans ce cas, on va attendre. Sauf si Monsieur…

– Ah, mais avec plaisir. Madame…, commença-t-il indiquant Armande.

Yvon Lescort-Poërt s'arrêta soudainement se rendant compte qu'il ne connaissait pas le nom de son élève herboriste.

– Dieumerci.

Il eut un instant d'hésitation.

– Si, si, c'est son nom, confirma Guénolé tout sourire. Ça surprend toujours.

– Madame Dieumerci prépare mes onguents avec beaucoup de concentration. C'est assez fascinant du reste.

– N'importe quoi, marmonna Armande. Non, Poupette, Gaspard a écrit dix grammes, alors je… Quoi ? Onze ?

Douze ? Neuf ? Huit ? Rha, mais c'est ridicule, je demande l'avis d'un chien.

Gémissements plaintifs.

– Allez, ce n'est rien Poupette. Viens vers nous.

Mais le chien ne changea pas de place. Il fixait sa maîtresse avec des yeux larmoyants.

– Pardon, Poupette, fit Armande se rendant compte de la situation. Mais tu es un chien, lui disait-elle, agenouillée près d'elle, gratouillant son crâne. Tu comprends ?

Grognement.

– Bon, d'accord, soupira-t-elle. Huit grammes.

Aboiements. Hannah, Guénolé et Yvon suivirent avec passion les gestes d'Armande, son écoute des conseils de Gaspard qui était resté au téléphone, son attention à l'égard des réactions de Poupette.

– C'est dingue, murmura Hannah.

– Très.

Quand elle eut terminé ses préparations, elle se mit en devoir de ranger.

– Voilà. Vous avez trois flacons.

– Si vous avez besoin, appelez-moi, je contacterai Armande. Elle vous en refera. Et on vous livrera, lança Gaspard.

– Merci, vraiment merci. Je vous dois ?

– Euh.

– Ah ben, voilà, petite Armande ! Le moment crucial. Combien vendons-nous ?

– Ben, je ne sais pas. C'est votre herboristerie. Comme d'habitude.

– Armande, rouspéta Gaspard. C'est vous qui avez préparé. Pas moi.

– Oui, ben moi, c'est gratuit., répondit-elle mal à l'aise.

– Vingt euros, s'amusa Gaspard.

– Voilà. Mais c'est donné, se permit Yvon Lescort-Poërt.

– Bah, mon fils va tout jeter, alors.

– Mais n'importe quoi, s'insurgea Hannah. Il va donner à Armande, oui !

– Hannah !

– Oh, Guénolé ! Tu as vu comme moi ! Tu es faite pour ce job !

Armande leva les yeux au ciel en riant.

– Mais je suis sérieuse ! Dis donc, j'ai passé pas mal de temps à vous courir après, Pétronille et toi ! Et vas-y que je ramasse des plantes, que je fais macérer des trucs, que je raconte les vertus de la fleur machin truc, de la racine bidule. Pétronille notait d'ailleurs tout. C'est toi qui as son cahier ?

– Non.

– Alors, il faudra chercher qui le possède. Ça te fera une base.

– Hannah…

– Tu dois reprendre l'herboristerie. Tu dois venir t'installer en Bretagne.

– Si je puis me permettre, intervint Gaspard, ma boutique me donnait de quoi payer le loyer, mais au fil du temps… Je serais heureux qu'Armande reprenne livres et plantes, mais il faut qu'elle gagne sa vie aussi.

– Rha, flûte.

– Vous avez raison. Il faut que Madame Dieumerci reprenne la boutique. Et qu'elle gagne sa vie. Quelle est votre profession ? se permit Yvon.

– Secrétaire. C'est très gentil, mais je ne laisserai pas mon employeur. Je travaille pour elle depuis trente ans. Je suis trop vieille pour changer de patron ou même de carrière.

– Bon, on ne va pas changer le monde maintenant, déclara Guénolé. Je propose qu'on aille déguster le merveilleux repas que j'ai préparé. Monsieur, vous êtes le bienvenu.

– Je précise que Guénolé est persuadé être un bon cuisinier.

– Mais je le suis ! Je suis Breton !

Sa femme pinça les lèvres.

– Quand vous aurez avalé, si tant est que vous puissiez le faire, une bouchée du repas, vous serez d'accord avec moi, les prévint Hannah.

Et ils furent d'accord. Même Guénolé qui goûta le premier.

– Mais ce n'est pas bon !!! Il doit manquer un truc dans la recette !

– Non, chéri, ce n'est pas la recette. Tu ne sais pas cuisiner, c'est tout.

– Mais je suis Breton.

– Moi, aussi, intervint Yvon et je réussis à peine les crêpes.

– Oui, non, mais moi…

– Chéri, tu ne sais pas cuisiner, ce n'est pas grave. Je suis une femme et je ne sais pas coudre. Ça arrive. Personne n'est programmé pour une tâche précise.

– Pfff.

Sans qu'ils s'en rendissent compte, Armande s'était levée et était partie dans la cuisine d'où un bruit de vaisselle, suivi d'une douce odeur de plat qui cuit leur parvint. Intrigués, ils la rejoignirent et assistèrent au pétrissage d'une pâte dans laquelle elle enfourna les légumes et viande de Guénolé qu'elle avait de nouveau cuisinés.

Ils la virent ensuite préparer une autre pâte et comprirent en la voyant prendre des pommes qu'elle réalisait une tarte. Immédiatement, les deux hommes prirent un couteau et coupèrent les tranches, Hannah se contentant de remplir les verres et d'entretenir la conversation qu'elle amena forcément sur le terrain du changement de carrière.

– Armande, il doit bien y avoir une solution ! Ce n'est pas possible autrement.

Sa réflexion fut interrompue par le téléphone. Les mains dans la farine, Armande lui demanda de décrocher et mettre le haut-parleur.

– Dieumerci ! Mais vous faites quoi ! Ça fait des heures que j'essaie de vous joindre !

– Je suis en Bretagne.

– Je me doute, mais tout de même ! Le réseau téléphonique va aussi jusque-là ! Bon, j'ai besoin de deux courriers à envoyer ce soir et une lettre à préparer pour la Pologne.

Elle raccrocha.

– Ah ben, elle est sérieuse ? C'est ta patronne ? Et tu veux continuer de bosser pour elle ? s'énerva Guénolé. Le bonsoir, merci, s'il vous plaît, c'est en option ?

– En plus, on est samedi.

Armande souriait.

– Ce n'est pas un problème.

– Armande !

– Écoutez, il y a les apparences et la réalité. Madame Kowalski est très compétente, vraiment. Et puis, elle est plus souple que vous ne le pensez. Elle m'a payé mon salaire alors que j'avais demandé un congé sans solde pour accompagner Marin. Elle a accepté que je travaille à la maison quand la maladie est devenue plus présente. Elle paie bien.

– Ben, on n'imagine pas quand on entend sa voix.

– Simple impression. On juge souvent les gens sur les apparences sans les connaître vraiment.

– On croirait entendre Marin.

– Nos idées étaient assez semblables. Je propose qu'on retourne à table, le temps que la cuisson se termine.

– N'empêche que tu serais bien ici.

– Hannah…

– Oui, j'insiste, mais c'est vrai. On ne peut pas laisser l'herboristerie tomber.

– Tu es rigolote.

– Votre épouse a raison. Et j'avoue que j'aurais bien besoin que l'activité se poursuive.

– Je sais préparer votre onguent. Il vous suffira de passer commande.

Yvon lui rendit son sourire.

– Je ne pense pas qu'à moi. Gaspard avait d'autres clients. Sans doute pas beaucoup, mais ils seraient contents de savoir que ce dont ils ont besoin perdurera.

Armande se leva chercher son plat que ses convives admirèrent avant de déguster dans un silence religieux.

– Mmm. C'est trop bon, commenta Hannah. Armande, tu es une fée.

– Mais pourquoi, avec moi, ça avait le goût de pourri ?

– C'est ta sauce. Elle ne se marie pas avec les aubergines.

– Mais j'ai suivi la recette !

– Guénolé, une recette est une recette. C'est une question de dosage aussi.

– Dis donc, pour ta pâte à tarte, tu n'as rien mesuré !

Elle rit.

– J'ai toujours fait comme ça. Ma maman m'a appris comme ça. Elle le tenait de sa grand-mère.

– Moi aussi j'ai appris avec maman, mais ça fait pas pareil, grommela Guénolé.

Sa femme soupira.

– Je ressers quelqu'un ?

Trois mains se levèrent. La tarte aux pommes laissa ses invités muets.

– Je n'en reviens pas. C'est succulent !

– Je confirme. Là, la cuisine bretonne vient d'en prendre un coup !

– Vous n'êtes pas Bretonne ?

– Non. Je viens des Vosges.

– Des Vosges !!! Des Vosges !!! Ma grand-mère était des Vosges !!! J'y ai passé mes plus belles vacances !!! s'exclama leur invité.

La discussion quitta alors la Bretagne pour la ligne bleue de l'Est français. Yvon Lescort-Poërt partagea ses souvenirs avec Armande et ses amis. Par amusement, Guénolé fit semblant de bougonner tandis que Poupette, ayant réussi à obtenir d'être sur les genoux de sa maîtresse, suivait la conversation qu'elle ponctuait de ses grognements ou jappements. La soirée fut des plus agréables et fit du bien à chacun. À Guénolé qui put parler de Marin librement ; à Hannah qui constata qu'Armande entrait en résilience ; à Yvon qui partagea un repas très familial, ce qui ne lui était pas arrivé depuis longtemps. Quant à Armande, ce fut une soirée comme une autre. Ni pire ni meilleure. Juste une soirée comme elle les avait toujours vécues avec Marin et ses amis, avec Marin et sa famille. Quelque chose de simple et de rassurant. D'humain et de réconfortant.

7

– Dieumerci !

– Oui, je sais, répondit Armande depuis son bureau. Je l'emmène chez le vétérinaire demain.

– Ah, ben, il est temps !

Poupette s'amusait à aller et venir entre les deux bureaux laissant des effluves sur son passage. Mais elle ne faisait pas qu'« ambiancer » le bureau, elle décidait aussi de qui pouvait en franchir son seuil. Jappements ou grognements laissaient entendre qu'elle donnait son accord ou non à l'intrus pour entrer dans le saint des saints. Le député, qui avait décliné les conseils de Nora au profit de ceux de Bruno, faisait partie des recalés. Au contraire du vigile dont le berger allemand avait fait copain-copain avec Poupette.

– Bonjour Mademoiselle Poupette ! Je suis bien aise de vous revoir.

Ouah ouah. Nora entra dans le bureau.

– Dieumerci ! Je… Monsieur ?

– Yvon Lescort-Poërt. J'étais venu voir Madame Dieumerci.

– Elle va arriver.

Elle commença à se diriger vers son bureau quand

– Vous êtes le secrétaire d'État aux transports ?

– Oui.

Et la porte se referma, laissant un membre du gouvernement bien pantois. Pantois devant le déhanché magnifique de son interlocutrice et devant sa totale indifférence, lui, l'objet de l'obséquiosité des personnes.

– Monsieur Lescort-Poërt ! Quel plaisir.

– Madame Dieumerci. Plaisir partagé.

– Vous venez voir Madame Kowalski ?

– Non, mais je l'ai croisée. Femme de poigne.

Armande lui sourit.

– Je suis venu pour vous. Une secrétaire de mon bureau souffre de tendinite chronique. Je me suis rappelé le nom de votre cabinet-conseil et me voilà.

– Ils vous ont laissé monter ?

Ce fut à lui de lui sourire.

– Ma fonction m'ouvre bien des portes.

– Que puis-je pour vous ?

– Gaspard m'a donné cette liste d'ingrédients pour la personne, mais je me disais que vous pourriez…

Elle tendit le bras et prit la liste.

– Je ne vous promets rien, mais je vais essayer.

Son visage s'épanouit à sa réponse.

– Merci ! Et si je puis faire quelque chose pour vous, voici ma carte personnelle.

Ils discutèrent encore un instant, puis il la laissa à ses obligations, la ligne intérieure venant de sonner. Au moment de quitter le bureau, il croisa de façon inattendue le député.

– Monsieur le secrétaire d'État ! Quelle surprise !

Décontenancé, ce dernier ne sut quoi répondre.

– Oui, euh, bonjour.

– Je vois que vous faites appel aux meilleurs ! Mais si je puis me permettre, je vous conseille plutôt Bruno. Nora est bien, mais moins ambitieuse. À bientôt dans l'hémicycle !

Il planta Yvon qui resta interdit avant de rentrer dans le bureau d'Armande.

– Le député, là, il vient pour quoi ? Ah, oui, euh, non, pardon, secret professionnel.

Il referma la porte et s'empressa de partir pour son cabinet, bien décidé à savoir ce que ce député faisait dans un cabinet-conseil. Il ne fut pas déçu de la réponse.

– Mais c'est un Normand !

♪

Il fallut deux semaines à Armande pour préparer une crème à l'Aloe Vera. Deux semaines, le temps de recevoir les produits envoyés par Gaspard, le temps de réaliser et le temps de voir revenir le secrétaire d'État.

– Pardon, Armande, mais en ce moment c'est n'importe quoi. Pendant que je suis là, ajouta-t-il prenant le flacon, j'aimerais prendre rendez-vous avec votre employeur.

Décrochant son téléphone, elle appela sa patronne pour lui faire part de la demande du secrétaire d'Etat.

– Vous pouvez entrer.

– Eh, bien, je... Merci.

– Monsieur, le salua une Nora jupitérienne.

– Madame, merci de me recevoir si vite.

– Je vous en prie. Que puis-je pour vous ?

– Je vais être direct. La dernière fois que je suis passé, j'ai croisé le député. Je me demandais ce qu'il faisait ici et j'ai appris que votre cabinet l'aidait dans sa campagne pour les législatives. Je ne suis pas d'accord pour qu'il représente le Finistère. C'est un Normand ! Je me doute que c'est un enfantillage pour vous, mais tout de même ! Pourquoi pas un Corse à Paris !

Il était mal à l'aise, très impressionné par ce que dégageait Nora. Il comprenait même pourquoi Armande voulait continuer de travailler pour elle. Il émanait d'elle une force et une aura qui ne pouvaient que séduire ou effrayer.

– Monsieur le secrétaire d'État, je suis Polonaise et parfois en désaccord avec mon pays. Ce n'est pas pour autant que je me présente aux élections présidentielles. Donc si vous me disiez la vraie raison de votre venue.

– Je suis pris, on dirait. Très bien, souffla-t-il. On parle d'un changement de gouvernement. Je sais que j'en serai exclu : trop vieux. Je ne suis plus dans l'air du temps. Mais ce qui me vexe, oui parce que c'est de cela qu'il s'agit, c'est que mon parti n'ait pas pensé à moi pour le Finistère. J'ai été maire de Carhaix-Plouguer pendant de nombreuses années, puis conseiller départemental avant d'être appelé au gouvernement, enfin secrétaire d'État. J'ai travaillé pour mon pays sans relâche et là, c'est mon pays qui me lâche. Je veux bien : place aux jeunes, mais j'estime être le mieux placé pour incarner la Bretagne. Je refuse de passer au rebut au profit de plus jeunes et de plus ambitieux. Je voudrais donc savoir si vous seriez prête à m'accompagner dans la conquête du Finistère.

– Sous quelle étiquette ?

– La mienne. J'ai pris le temps de la réflexion, j'ai écouté les bruits de couloir. J'ai bientôt soixante ans, j'entre dans la catégorie des dinosaures, mais j'ai pris goût au pouvoir. Je ne me vois pas aller m'occuper de pâquerettes dans mon jardin.

Il se leva.

– Vous n'imaginez pas ce que le pouvoir peut être grisant. J'étais simple maire et je suis arrivé jusque-là. Non pas à force de complots ou cirage de pompes, mais à force de travail et de compétence. J'ai eu les plus hautes fonctions dans l'administration, j'ai atteint la première marche du podium, je n'irai pas au-delà. En revanche, je refuse de tomber dans l'oubli. Je veux une dernière bataille et ce sera celle des législatives.

Il resta debout, attendant sa réaction.

– Pourquoi pas le Sénat ?

– Parce qu'on en parle moins.

Elle apprécia l'honnêteté, puis enchaîna d'un ton ferme :

– Je veux tout savoir : l'avouable et l'inavouable. Si vous allez voir des prostituées, si vous fumez, prenez de la drogue, si vous avez des rêves de drag-queen. Votre femme, vos enfants, je dois tout savoir pour éviter tout problème. Votre concurrent va sortir les crocs. Et ça commence par me dire quelles sont vos relations avec Dieumerci.

– Mes… Mais… Elle n'a rien à voir là-dedans.

– Si. Donc ?

– Mais enfin, rien ! Elle m'a préparé mes onguents et j'ai dîné avec elle et ses amis. C'est tout.

– Des onguents pour quoi ?

Le ton était sec, ferme, mais une note d'humanité flottait dans l'air.

– J'ai eu un accident, il y a dix ans. Oui, j'avais trop bu, oui, j'étais seul en voiture. Elle a pris feu et une partie de mon dos et mon épaule ont été touchés. Les onguents servent à soulager la sensation de brûlure.

– Pourquoi avoir trop bu ?

– Parce que ma femme venait de demander le divorce et que je ne l'ai pas vu venir. Elle était la maîtresse d'un autre secrétaire d'État. Sous mon nez. À la santé, c'est plus porteur. Maintenant, elle vit avec un ministre. Mes enfants sont le résultat d'une éducation pourrie gâtée : imbus d'eux-mêmes, caractériels, suffisants, ils ne me parlent que lorsqu'ils ont besoin de quelque chose. Quant à mes petits-enfants, ils suivent un chemin différent grâce à l'autre branche parentale.

– Des aventures ?

– Non !

– Réfléchissez.

– Je... Non.

– Pas de secrétaire séduite puis abandonnée ? Pas d'aventure d'un soir ? D'enfant caché ?

– Non !!!

Le silence se fit.

– Si. Peut-être. Mais c'était il y a longtemps.

Elle l'invita à poursuivre.

– Une passade après mon accident.

– Consentante ?

Il acquiesça. Nora posa encore de nombreuses questions, entrant pleinement dans l'intimité du secrétaire d'État. Il ne lui cacha rien. Avoua quelques joints pour tenir dans les grands moments de pression ; un peu de bière ; une aventure ; pas de fantasmes.

– Vous pensez que cela sera aussi rude que cela ? Ce ne sont que les législatives après tout.

– Bruno déteste perdre et le député n'appréciera pas se faire passer devant par le troisième âge.

– Vous au moins, vous ne vous embarrassez pas de fioritures.

– Ce n'est pas ce que vous êtes venu chercher.

– Non, effectivement. Madame Dieumerci vous a décrite comme très compétente. Je me fie à son avis.

Il sentit briller un intérêt plus vif dans le regard. Ils discutèrent stratégie pendant encore deux heures, puis se quittèrent sûrs de gagner.

♪

– Madame ?

Nora leva les yeux de son clavier. Le visage pâle, fatigué, les traits tirés, le noir sous les yeux, tout la mit en alerte. D'un bond, elle fut devant Armande.

– Je ne peux pas, je ne peux pas, marmonnait-elle. Je ne veux pas changer, je…

– Tout va bien Armande. Tout va bien. Rien ne va changer, rien. On se connaît depuis trente ans, rien ne changera. Je ne veux pas que vous me quittiez.

Yvon Lescort-Poërt avait mentionné les talents d'herboriste d'Armande, sous-entendant que la place était à prendre. Nora, ni une ni deux, avait analysé, réfléchi pendant toute la soirée pour proposer à Armande de partir s'installer en Bretagne. Elle avait omis de signaler qu'elle occuperait les deux fonctions.

– Mais la semaine dernière...

– Oui, Armande, la semaine dernière, j'ai parlé de la Bretagne. Vous ferez les deux. Je n'ai jamais, une seule seconde, pensé à me séparer de vous.

– Je ne peux pas, j'ai trop peur, fut lâché dans un murmure. Je n'y arriverai pas.

– Armande, Nora prit son visage entre ses mains, Armande, je sais que vous avez peur. Mais faites-moi confiance. Regardez, même Poupette, s'en mêle.

Le chien tirait la bretelle du sac à dos de sa maîtresse.

– Vous êtes fatiguée, vous allez rentrer, je vais vous envoyer par coursier tout ce dont vous avez besoin. Ne discutez pas. Vous avez cinq années de sommeil en retard, cinq années de repas déséquilibrés, cinq années pendant lesquelles vous avez vécu à travers les souffrances de votre mari. Vous devez vous reposer, vous devez laisser le chagrin prendre sa place. Allez, vous rentrez, je vous appelle dans une heure pour voir si vous êtes à la maison et on va travailler ensemble, comme toujours.

Armande, faute d'arguments, se plia à la volonté de Kaiser Nora. À peine arrivée, cette dernière appelait.

– Bien. Vous aurez le coursier dans quatre heures. Vous vous faites un bon petit-déjeuner, puis vous vous couchez. N'oubliez pas de mettre le réveil que le coursier ne laisse pas tout devant la porte !

Elle raccrocha abruptement. Elle était inquiète, très. Elle se doutait que ce moment de rupture allait arriver et craignait de se tromper dans les mots, les gestes, d'amplifier la douleur au lieu d'aider à son apprivoisement. Ce n'était pas une crainte fondée sur le travail, mais sur trente années de relations étranges, lointaines, qui les avaient, de façon invisible, rapprochées. Nora ne pouvait se passer d'Armande parce qu'elle la rassurait. Elle ignorait si c'était réciproque ou si son assistante de peur de l'ennui, du vide se lançait à corps perdu dans le travail. À ses débuts, sa secrétaire, qui travaillait pour un notaire, avait, pendant deux ans, exécuté des tâches pour les deux cabinets, le temps que le notaire des Vosges trouve une remplaçante. Puis, elle avait travaillé pour le cabinet et celui de son mari, ce qui leur économisait un salaire dans un moment où il aurait été difficile d'en payer un. Puis, ce furent des dépannages à droite et à gauche et enfin la maladie de son mari qui capta toute son énergie. Armande avait une soif inextinguible de travail : elle accomplissait tout en temps et en heure, et après trente ans, elle restait une énigme.

Nora savait que la mort de son mari changeait la donne. Que le corps était épuisé, que l'esprit commençait à se libérer de la tension, mettant au jour la réalité de l'absence. Elle savait que ce passage serait difficile et délicat à surmonter.

Dans les jours qui suivirent, Nora confia de multiples tâches à Armande dont elle diminua, petit à petit, l'intensité. Elle avait décidé de l'habituer à ne pas travailler. Avant de partir en vacances, elle passa en milieu d'après-midi, à l'improviste, sous le prétexte d'un courrier à saisir. Armande avait le même visage épuisé, mais quelque chose semblait différent. Son regard. Il était plus doux, plus décidé aussi.

– J'ai préparé un Saint Honoré, en voulez-vous ?

Nora resta sans voix devant la pâtisserie. N'attendant pas la réponse, Armande les servit sur la table du salon. La pièce était en ordre, illuminée par la présence des plantes vertes et des orchidées.

– Je crois que j'ai toujours eu peur, débuta-t-elle. Surtout du changement. J'ai peur de quitter Rambouillet parce que c'est là que se trouvent mes souvenirs avec Marin. Je crains la Bretagne parce que c'est un monde nouveau. La terre des Maisondieu, des Dieumerci. Je n'y ai pas ma place.

Le ton était résigné, propre à la confidence.

– Mon père nous battait, maman et moi. J'ai passé mon enfance et mon adolescence dans les cris et les coups ; dans les humiliations. Des fois, il partait si longtemps que nous appréhendions son retour. Il partait pour nous faire encore plus peur. J'en suis convaincue. Il voulait nous faire payer ma naissance. Oh, il m'a reconnue, parce que cela faisait de lui un héros parmi ses amis : ouah, c'est dingue, tu es papa, la chance ! Quelle responsabilité, tu es un homme maintenant. Blablabla. Maman était persuadée qu'il serait un bon père.

Elle avait trouvé un travail de nuit à l'hôpital qui consistait à venir chercher les linges souillés pour les nettoyer. Donc il devait s'occuper de moi. Il ne savait pas qu'un bébé ça pleurait, qu'il fallait s'en occuper. Lui, il croyait qu'il allait pouvoir continuer de voir ses amis, boire des bières, rentrer tard. Mais voilà, j'étais là.

Un soir, elle est rentrée, elle les a tous vus au salon pendant que j'hurlais de faim dans ma chambre. Elle a arrêté son travail pour en prendre un de jour. Dans une cantine scolaire. C'est ma grand-mère qui lui a trouvé la place. Le soir, il sortait comme avant. Il a commencé à être violent parce que je coûtais cher. Enfin, c'était la bonne excuse. Il ne pouvait plus sortir comme il voulait, on l'empêchait de réussir sa vie. Que des mensonges lancés par ses parents. Maman ne disait rien. Moi, il me traitait d'inutile, m'achetait des habits laids et dépareillés pour qu'on se moque de moi. Mais, au final, ça m'était égal. Je n'avais pas d'amis, pas de vie sociale, comme on dit. J'avais maman et mes grands-parents. Ils m'ont prise chez eux quand il m'a frappée pour la première fois. Maman voulait arranger les choses. Mais cela n'a rien changé. Je suis revenue et j'ai pris des coups. Au début, pas forts. Des gifles. Puis après des coups, des vrais. Maman était à terre et je suis intervenue. Les enseignants avaient constaté les bleus, la directrice voulait faire un signalement, mais je l'ai suppliée de pas le faire, que cela empirerait les choses. C'est mon devoir, m'avait-elle dit. Je lui ai répondu que le mien était de protéger maman. Le destin a agi pour nous. Il est mort dans un accident de la route. La peur a mis du temps à partir.

Après la mort de mon père, on a été expulsées de la maison par mes grands-parents paternels. On aurait pu galérer, mais non. Ma voisine de classe était la nièce de mon futur beau-père. Il a embauché maman comme cuisinière, il est tombé amoureux et voilà.

Moi, j'ai quitté les Vosges et j'ai rencontré Marin. Dans la famille, on est des tâcherons, on travaille, on exécute. Je craignais de ne pas savoir faire, ou de ne pas avoir assez à faire pour combler le vide que laisse Marin.

Elle se tut. Nora avait les yeux embués, mais ne voulut rien laisser paraître. Elles dégustèrent la pâtisserie en silence.

– Vous devez prendre le temps d'accepter ce vide et de le transformer. J'ai grandi dans la Pologne communiste. Mon père était un opposant politique. Staline, le petit père des peuples, ce n'était pas sa tasse de thé. J'ai grandi sous une autre forme de coercition, mais la peur était là aussi. Celle d'être arrêté, de voir ses biens confisqués. La peur d'être dénoncé étant la pire. Alors, j'ai appris à me taire, à dissimuler. C'est pour cela que j'ai besoin que vous restiez à mes côtés. Vous êtes compétente et j'ai confiance en vous. Croyez-moi, la confiance est précieuse quand on vient d'un pays communiste. Même lors de la chute du parti, nous sommes restés sur nos gardes. Vous et moi avons été forgées dans le même moule. Je ne vous laisserai pas.

Mal à l'aise face à cet aveu, elle s'interrompit pour prendre une bouchée de Saint-Honoré.

- Ça va être Noël, vous allez dans les Vosges ?

– Non. Je fêtais Noël parce que pour Marin, c'était une fête fondamentale, mais en réalité, elle m'importe peu. Maman la passe avec ses enfants, que je connais pas tellement. On se voit après les fêtes. Ce n'est pas mon truc.

– Vous ne pouvez pas rester seule !

– Je ne suis pas seule, j'ai Poupette.

Approbation du canidé.

– Armande, Noël, c'est un moment…

– Je sais, mais ça n'a jamais été mon truc. Vraiment.

– Eh bien, vous êtes la première personne que je connaisse qui soit indifférente à Noël. En même temps, vous préférez les légendes, la taquina-t-elle.

Elle lui sourit.

– Grand-mère Pétronille était intarissable.

– Une femme bien, j'imagine.

– La seule à voir la part d'humanité en chacun d'entre nous.

– Bon, en attendant, vous lâchez la pédale sur le travail et vous vous concentrez sur Poupette.

– Merci.

Nora, redevenue maîtresse d'elle-même, haussa les épaules avec désinvolture.

– Je n'agis que par intérêt.

Grognement de désapprobation.

– Poupette ne vous croit pas.

– Poupette est un chien.

♪

Tandis qu'elle prenait le chemin de la Pologne pour fêter dignement la fête des Chrétiens, Armande rangeait et laissait les journées se dérouler comme bon leur semblait. Enfin, comme bon semblait à Poupette : pipi matin, pipi midi, pipi au goûter, pipi le soir. Une façon comme une autre de réguler le temps. De le maîtriser aussi.

Armande accepta le vide, pleura abondamment au point d'inquiéter la boulangère qui lui offrait un pain au chocolat à chaque fois qu'elle les voyait passer. Elle commanda une bûchette pour le vingt-cinq parce que c'était la seule pâtisserie qu'elle ratait. Ça et les crêpes. Mais là, c'était volontaire.

La visite de Nathanaël, un cousin de Marin, de la branche des Maisondieu, moine au Vietnam, rompit leur quotidien. Il avait passé de nombreuses années aux côtés de son cousin pendant son séminaire à Paris et fut le premier de la famille à rencontrer Armande. À chaque fois qu'il pouvait venir en France, il partageait une partie de son temps avec eux. Nathanaël était arrivé les bras chargés de plants d'orchidées et était reparti avec trois kilos de plus grâce aux pâtisseries maison.

– Heureusement qu'ils ne font pas payer de taxe pour surcharge pondérale ! s'était-il amusé.

– En même temps, tu as de la marge.

Ils avaient beaucoup discuté de sa vie à lui, puis il avait réussi à amener le sujet sur la vie d'Armande.

– Tu sais, changer de vie ne veut pas dire renoncer au passé. C'est vivre avec le passé, mais autrement. Marin ne voulait pas vivre en Bretagne du fait de sa maman. Jeanne est trop catholique.

L'expression fit sourire Armande.

– Tu vois ce que je veux dire. Un catholicisme rigoureux, une mater dolorosa en continu. C'est pour cela qu'il préférait aller chez Pétronille. Une catholique à sa façon. Respectueuse des traditions catholique et celte. Elle tient vraiment des Maisondieu. La main sur le cœur, l'épée au fourreau. C'est une bonne idée cette herboristerie, ajouta-t-il une fois son éclair avalé. Hannah a raison et puis tu reprendrais une tradition familiale. Oui, je sais, tu n'es pas une Maisondieu, mais tu as été formée par

Pétronille, ce n'est pas rien ! Tu as été la seule avec laquelle elle a partagé son savoir, ses secrets !

Poupette approuva en sautant partout.

– Ben ?

– Ce n'est rien. Poupette est un chien qui participe aux conversations.

– D'accord. C'est original. Et quand elle n'est pas d'accord ?

– Elle grogne.

– Logique. Je repense à ton installation en Bretagne, à mon avis, il faudrait que tu t'installes dans la région de Pontivy. C'est le berceau des Maisondieu. Ben, dis donc, elle est drôlement contente, là, non ?

– Je ne sais pas. C'est moins pratique pour mon travail. Si Madame Kowalski a besoin d'un document, il faudra qu'elle l'imprime...

– Et ? Je ne vois pas où est le problème. Ce serait bien pour toi de quitter cet appartement. Il est beau, bien agencé, mais trop lié à Marin. Tu ne peux pas vivre en te rappelant uniquement les cinq dernières années. Il te faut les embruns, la bière, les crêpes, les histoires au coin du feu.

– Peut-être.

– Je vois, grommela-t-il faussement mécontent. Ne te cherche pas d'excuse, Armande Dieumerci. Si un Breton te dit que tu es douée pour les soins naturels, alors tu es douée. C'est tout. Marin est dans notre cœur. À jamais. Il vivra avec nous, nous guidera. Il est là dans tout ce que tu fais, ce que tu dis, ce que tu penses. Pétronille lui a donné une vision du monde que nous n'avions pas et tu lui as donné une vision de lui-même que nous n'avions pas su lui donner. Partir en Bretagne, c'est accepter la confiance qu'il a mise en toi quand il te confiait des onguents à préparer. C'est un juste retour des choses. Mais installe-toi dans les terres des Maisondieu. Tu y seras bien.

Nathanaël partit pour la Bretagne avec les cadeaux « de Marin ». Armande avait beaucoup insisté là-dessus. Non pour montrer son désintérêt pour les Dieumerci, mais pour être sûre qu'ils accepteraient les présents. Bertille, sa cadette, étant le portrait craché de sa mère, elles risquaient de faire un duo de Pleureuses si Armande s'associait aux cadeaux.

Les Dieumerci passèrent un très bon Noël, faisant en sorte que le prénom de leur belle-sœur ne revienne pas sur le tapis. Le défi fut presque tenu quand Jeanne demanda à aller au cimetière « en espérant qu'elle n'y sera pas ». Ce à quoi, Antoine avait rétorqué que « ça ne risque pas, vu la façon dont on la considère ». Sa mère était alors entrée dans une diatribe dont elle seule avait le secret et s'était rendue au cimetière en compagnie de ses filles, Léontine ayant suivi pour calmer l'ire maternelle. Antoine fut rappelé à l'ordre par Claude qui fut lui-même rappelé à l'ordre par sa femme. Quant à Jacques, il en profita pour parler d'Armande et de son avenir en Bretagne.

8

– Madame Kowalski ?

– Elle-même.

– Guibert Dieumerci et Guénolé Gorffic, ami de Marin et gendarme de surcroît. Il est là pour attester de mon identité. Monsieur Chrétien ne devrait pas tarder.

Ledit Monsieur arriva un quart d'heure plus tard laissant à ses invités le loisir d'observer la devanture de son officine. Ils virent un vieux monsieur encore alerte descendre d'un énorme SUV conduit par son fils.

– Vous voulez que je vous dise ? Eh ben, cette voiture n'est pas plus confortable que la charrette de mes parents ou mon tub. Permettez-moi de vous précéder. Vous venez bien pour Armande ?

Ils acquiescèrent et se présentèrent.

– Oh, vous, je vous aurais reconnu. Un Dieumerci, ça se repère de loin. Le portrait craché de votre père.

Guibert sourit de toutes ses dents.

– Ouf, je craignais de ressembler à Pétronille !

Gaspard Chrétien éclata de rire.

– Attention, jeune vaurien, elle pourrait bien venir vous chatouiller la nuit. Alors, voilà. Il y a la partie livres et la partie herboristerie.

Les hommes cédèrent la place à Nora qui prit son temps pour jauger les lieux.

– Il est évident que nous vendons l'intérieur, précisa le fils.

– Il est évident que je donne l'intérieur à Armande, le contredit son père. Je donne à Armande ou je vends à un étranger.

La contrariété se lut sur le visage du fils.

– C'est généreux de votre part, observa Nora.

– Et je doute que cela soit du goût d'Armande, intervint Guénolé.

– Elle s'y fera, dit Gaspard.

– Exact, affirma Nora. Vous avez donc deux pièces.

– Euh, plus la cave et le grenier.

– Et qu'y trouve-t-on ?

– Des livres.

– Je confirme, fit Guénolé se massant les lombaires, on a vidé une camionnette la dernière fois.

– Vos plantes se portent bien, s'amusa Nora en entrant dans l'officine, on voit que Dieumerci est passée par là.

Bon, je résume. Il lui faut un local de grande taille, séparable en deux espaces, avec un espace supplémentaire pour son travail pour le cabinet et un espace de vie.

– Elle va continuer de travailler pour vous ? s'étonna Guibert.

– Évidemment.

– Mais vous êtes à Paris ? !

– Il n'y a pas l'électricité en Bretagne ?

– Si, mais...

– Dieumerci pourrait travailler sur la banquise si elle le devait. La Bretagne, ça va, c'est encore civilisé.

– Oh, y'a des fois, on peut en douter, ironisa Guénolé. C'est surtout plein de légendes.

– Ah oui, les fameuses légendes bretonnes. Les fées, les fantômes, la mort. En Pologne, on a le dragon, commença-telle tout en faisant le tour de la pièce. Dans une grotte calcaire, au temps du roi Krak, vivait un dragon qui dévorait tout ce qui passait : bétail, hommes et surtout jeunes filles. Pour mettre un terme à ce fléau, le roi proposa sa fille en mariage à celui qui arriverait à tuer le dragon. Maints chevaliers s'y frottèrent, mais ce fut un cordonnier qui, en farcissant un mouton de soufre et en obligeant le dragon à boire toute l'eau de la Vistule au point d'en exploser, qui remporta la belle. La cité devint la ville de Krak, soit Cracovie.

– Jolie légende.

– Oui. Pour Varsovie, c'est une sirène venue de l'Atlantique. Elle fut faite prisonnière par un marchand qui avait bien compris le prix qu'elle pouvait rapporter. C'est un fils de pêcheur qui la libéra, aidé de ses amis. En échange, elle leur promit sa protection à chaque fois qu'ils en auraient besoin. Elle est devenue le symbole de la ville.

– Des sirènes, ce n'est pas ce qui nous manque ici !

– Comment va Armande ? demanda tout de go Gaspard.

– Elle a commencé sa formation.

– Quelle formation ?

– D'herboriste ! Ou Herbaliste. J'avoue que l'appellation m'échappe.

– Mais ?

– Elle ne peut pas reprendre une officine sans une preuve de sa compétence. Elle suit les cours de l'École des Plantes de Paris par correspondance. D'ailleurs, elle aura besoin de pratique.

– Je suis preneur ! Mon garçon, nous allons donner mes affaires à Armande et après tu feras ce que tu voudras des murs, fit un Gaspard enthousiaste.

– Et quand puis-je espérer la libération des lieux ? Il y a des travaux.

– L'officine doit rester intacte le temps des stages de Dieumerci. Il reste simplement à trouver un local.

– Un cousin, un Maisondieu, a pensé que la région de Pontivy serait la plus adéquate, intervint Guibert.

Gaspard eut un immense sourire.

– Le pays de Pétronille. Le pays des Druides. Des mystères.

– Oui, enfin, il pensait plutôt à loin de maman, ironisa Guibert.

– Dieumerci devrait venir une semaine à la fin du mois, les informa Nora.

– Très bien, on va collecter toutes les annonces pour elle.

– Hum, fit timidement Gaspard au moment où ils allaient se quitter, est-ce que vous pourriez emporter quelques petites choses pour Armande ? Pour sa formation et pour mes clients.

Les « quelques petites choses » se transformèrent en trois grosses caisses tenant à peine dans la voiture de Nora.

– Vous êtes allée en Bretagne ? s'étonna Armande.

– Ben oui, il fallait que je me rende compte par moi-même. Monsieur Chrétien vous donne tout : livres et officine ; il vous prend en stage, vous commencez à la fin du mois ; votre belle-famille va vous trouver des adresses de logements potentiels, mais là, c'est vous qui choisirez.

Poupette sautait partout autour des caisses.

– Au fait, c'est un des vigiles qui vous raccompagnera ce soir. Il chargera votre vélo et montera vos caisses.

La porte du bureau se referma.

– Dieumerci !

– C'est Poupette.

– Pendant votre stage, préparez un truc pour que ce soit vivable !

– Poupette, tu exagères, lui chuchota Armande.

Mais Poupette n'en avait cure.

9

– Alors, vous avez fait vos devoirs ? s'amusa Gaspard en descendant de voiture.

– Monsieur Chrétien.

– Monsieur Chrétien ! Allons donc, appelez-moi Gaspard, cela ira très bien.

Armande le rencontrait pour la première fois. Il était presque comme elle se l'était imaginé : légèrement voûté par les ans, la moustache à la Vercingétorix et l'œil très bleu. Lui voyait des yeux vert gris et un visage creusé sur lequel avaient coulé les larmes le matin même.

– Allez hop, au travail !

Gaspard prit place dans un fauteuil depuis lequel il fit cours. Armande prenait des notes, passant aux travaux pratiques sous l'œil acéré de Poupette qui donnait son avis.

– Je vous ai apporté mon cahier dans lequel j'ai tout noté. Avez-vous celui de Pétronille ?

– Non. J'ignore si elle en avait un.

– Vous pouvez être sûre que si. Nous voulons tous transmettre ce savoir, alors nous tenons tous un livre. Il faudrait mettre la main dessus.

– C'est sans doute Léontine qui l'a.

– Léontine ?

– Une sœur de Marin. Elle est pharmacienne.

– Une Dieumerci ? Jamais de la vie. Les affaires des Maisondieu vont aux Maisondieu.

Elle le regarda, amusée.

– Ne riez pas, jeune fille, c'est la pure vérité. Les Maisondieu sont les Maisondieu et les Dieumerci, les Dieumerci. C'est comme ça.

– Dans ce cas, j'ignore où il peut se trouver.

– Posez la question aux Maisondieu !

– Je ne les connais pas. Enfin, si, Nathanaël, un cousin de Marin. Et Yann aussi, ajouta-t-elle après un temps. Un fils de Pétronille. J'ai dû le rencontrer deux fois.

– Eh ben, demandez-leur.

– C'est vraiment si important ?

– Avez-vous déjà vu un druide sans sa serpe ?

Ils reprirent leurs concoctions jusqu'en fin d'après-midi. Gaspard jugea qu'ils se verraient tous les deux jours parce qu'elle apprenait vite et parce qu'il se fatiguait tout aussi rapidement. Elle consacra sa journée du lendemain à son travail et à la recherche d'un logement. Les Dieumerci avaient collecté une somme d'annonces dont aucune ne convenait pour l'instant. Pour se vider la tête, elle se promit, lors de sa prochaine journée libre, de faire une balade à vélo du côté de Pontivy.

♪

Prenant la route utilisée par Guénolé, elle entreprit de retrouver le chemin de traverse qu'ils avaient emprunté. L'air était frais et humide, idéal pour chasser la mélancolie. Soudain, Poupette, oreilles dressées, se mit à aboyer très fort. Alertée, Armande ralentit et découvrit un adolescent dans le fossé. Tombé de vélo, il avait une belle fracture ouverte au niveau du tibia. Alors qu'elle était à ses côtés en attendant les secours, un bruit strident de type grincement se fit entendre au loin.

– Eh ben, lui, il faudrait bien qu'il change sa courroie de distribution, marmonna-t-elle tandis qu'elle posait une attelle de fortune.

Un bruit de portière.

– Dieumerci, vous êtes là !

Elle leva la tête et sourit. Le vieil homme était là, toujours aussi débonnaire.

– On joue les infirmières ?

– Je fais au mieux en attendant les secours.

– Vous avez mis des plantes dans la plaie ?

– Oui. Pour désinfecter.

– Et vous avez su les reconnaître ?

– Grand-mère Pétronille m'avait montré.

Il rit en regardant Poupette.

– Sacrée Pétronille ! Allez, mon garçon, je t'emmène.

– Mais, les secours ?

– Ne vous inquiétez pas. On va les croiser. On leur dira.

Il porta avec délicatesse le jeune homme dans sa voiture et le conduisit à l'hôpital. Il n'était plus qu'un point à l'horizon quand Guénolé arriva.

– Ça va ? s'enquit-il inquiet.

– Oui. Il s'est arrêté et a emmené le blessé.

– Il ?

– Oui. Je… Je ne me rappelle jamais son nom. Il connaissait Marin.

– Une veine qu'il passe par là. Les secours ne seraient pas venus tout de suite. C'est pour ça qu'on est là. On a un coup dur sur le port, ajouta-t-il. Phil, appelle-les pour les prévenir.

Guénolé discuta encore un instant avec Armande, présentant Phil, « venu du Grand Nord ! ». Au loin, le bruit de la courroie de distribution défectueuse se fit entendre.

– Ben dis donc, je sais pas qui grince comme ça, mais il a intérêt à se méfier.

– C'est la voiture de... Scrogneugneu, c'est pénible de ne jamais se rappeler son nom.

– Tu fais bien de le préciser, se moqua Guénolé, pour un peu, je t'aurais dit que c'était l'Ankou.

Son collègue leva les yeux au Ciel.

– Absolument ! s'insurgea Guénolé faussement vexé. L'Ankou et son aide : le deuxième mort de l'année. Souvent un jeune homme d'ailleurs.

– Enfin l'Ankou en plein jour... lui fit remarquer Armande. Je vous plains. Un Nordiste chez les Bretons...

– Madame est des Vosges, se moqua Guénolé.

– Oui. Là-bas, on est habitué aux fanfaronnades des voisins. On a tout de même tenu face aux Teutons !

Phil éclata de rire.

– Moi, je ne saurais pas vous dire. Je viens de Béthune et je ne me suis jamais intéressé à l'histoire de la région.

– En Bretagne, vous êtes servi avec le nationalisme local.

– Sans compter que selon le coin, c'est pas les mêmes Bretons ! s'amusa Phil.

– Dites donc, vous avez fini de vous gausser du patrimoine ancestral ! Je te rappelle que toi, tu as travaillé avec l'âme des Celtes !

– Grand-mère Pétronille, précisa Armande pour le néophyte. La grand-mère de mon mari.

– Une Sainte femme !

– Dans ce cas, gloire à cette femme, chanta Phil.

– Dis donc, au fait, tu me diras quand tu voudras qu'on organise le déménagement de la librairie.

– Il me faut d'abord trouver un local.

– Tu as vu des trucs ?

– Non, rien de pratique. J'aimerais tout avoir au même endroit. Mais je dois rêver.

– Vous êtes libraire ?

– Armande est comme les couteaux suisses : multifonction. Elle est assistante de direction et là, elle suit des cours pour être herboriste et en même temps, elle va vendre des livres.

– Ben dites donc. Sacré projet. Il vous faudra un bâtiment conséquent.

Guénolé demeura un instant silencieux.

– Pas facile. Une longère au moins.

– J'en ai visité deux, mais pas du tout dans mes prix et je pense un peu petites. Je te rappelle que les livres vont de la cave au grenier.

– Exact. Écoute, si j'entends parler d'un truc, je te rappelle. Tu reviens quand ? Parce que cette semaine, je ne pourrai pas faire de balade.

– À la fin du mois prochain.

– Ça marche. Je t'appelle et on s'organise une promenade.

Chacun reprit sa route ou presque : Poupette ayant disparu. Armande l'appela de nombreuses fois, mais en vain. Le temps passant, elle commença à s'inquiéter quand le grincement se fit de nouveau entendre.

– C'est Poupette que vous cherchez ? lança-t-il baissant sa fenêtre. Elle est de l'autre côté. Montez je vous emmène.

Ni une ni deux, ils chargèrent le vélo et retrouvèrent le chien au milieu d'une cour.

– Enfin, Poupette !!! Qu'est-ce qui t'a pris ??? J'étais inquiète moi !

Le canidé se mit à plat ventre et gémit doucement en signe d'excuse.

– Ne lui en voulez pas, elle est revenue aux sources.

Armande, toute à son angoisse d'avoir perdu Poupette, ne s'intéressa pas au sens des mots et encore moins au fait qu'il ait su où trouver le chien.

– Vous l'auriez retrouvée de toute façon, la rassura-t-il s'asseyant sur un banc. Vous l'auriez attendue et elle serait réapparue.

– Et si j'étais partie ?

– Vous ne seriez pas partie.

Elle le fixa intensément.

– C'est vrai. Heureusement que vous étiez là.

– Ce n'est pas tout le monde qui dirait ça, s'amusa-t-il.

– Vous savez, votre voiture, faudra faire changer la courroie de distribution. Sinon quand elle va lâcher...

– Je sais. Mais j'ai la flemme.

Armande s'installa à ses côtés, Poupette toute repentante à ses pieds.

– Mais ! Mais, on est déjà venues ! s'écria-t-elle laissant son regard courir sur les alentours.

– Vraiment ?

– Oui ! Je reconnais la grange, les arbres et la maison !

– Incroyable.

– Oui ! On se promenait avec Guénolé, Poupette a entendu une vache meugler de douleur et on a atterri ici.

Elle se rassit. Le silence s'installa qu'il entreprit de rompre.

– Vous connaissez l'histoire de la fille de Coray[7] ? C'est l'histoire d'une jeune fille qui ne faisait que pleurer la

[7] Extrait des « Légendes de la Mort », Coop Breizh : ISBN 2-909924-30-0, Jeanne Laffitte :

mort de sa mère. Elle pleurait tant que les habitants firent appel au recteur afin d'apaiser sa douleur. Comprenant de quoi il retournait, il la convoqua à l'église et lui dit d'attendre minuit en prière. À cette heure, les âmes mortes sortent en procession en direction du chœur. À la grande surprise de la jeune fille, sa mère, dont la colère se lisait sur son visage, était la dernière, traînant avec elle des seaux remplis d'eau noire. Cette vision convainquit la jeune fille que la vie d'après était malheureuse. Voyant qu'elle n'avait pas compris, le recteur la fit revenir à minuit. De nouveau la mère était la dernière. Alors la jeune fille surgit devant elle pour lui demander pourquoi cette colère. « Parce que tu ne cesses de pleurer. On ne doit pas pleurer les défunts, sinon on brise leur béatitude et on retarde leur salut ». La jeune fille arrêta de pleurer et quand elle revint dans l'église, sa mère était en tête de la procession.

– Vous me reprochez de pleurer mon mari ?

– Certes non ! Vous devez le pleurer. Mais vous devez accepter son absence et vous convaincre qu'il est heureux. Le deuil est un mystère, mais il ne doit pas devenir une souffrance. Il doit devenir acceptation, renoncement et joie à se rappeler les bons moments.

Vous pleurez la souffrance de votre mari, vous pleurez votre impuissance à le sauver, vos cinq années d'abnégation pour rien. Vous pleurez aussi son absence.

ISBN 2-7348-0010-1, © 1982, Jeanne Laffitte © 1994, Jeanne Laffitte/Coop Breizh

Comme lui pleure parce que vous pleurez. Il pleure votre douleur, de vous avoir laissée seule.

La fille de Coray montre qu'il existe une vie après la mort et que les vivants par leurs actes doivent honorer les morts. Vous n'êtes pas coupable de la mort de votre mari. Elle était inéluctable. Personne n'empêche l'Ankou d'entrer. On doit l'accepter.

Je veux juste que vous preniez le temps de vivre ce moment sans vous enfoncer dans le sombre. Vous avez un rôle à jouer dans ce monde. Chacun d'entre nous a son rôle. Il faut se demander lequel et le réaliser. Poupette n'est pas venue ici par hasard. Cet endroit lui plaît. Il vous plaît. C'est peut-être là que tout peut recommencer.

Gaspard a besoin de vous pour faire perdurer les traditions médicinales ; son fils a besoin de vous pour pouvoir transformer la boutique ; votre patronne a besoin de vous pour réaliser ses rêves. Vous, vous avez besoin de voir votre mari. Pétronille attend que vous repreniez le flambeau.

Armande resta dans le silence, absorbée dans ses pensées. Tellement absorbée qu'elle ne le vit pas partir. Le ciel s'assombrissant, elle se décida enfin à rentrer. Avant de quitter les lieux, dotée d'une mémoire visuelle absolue, elle nota mentalement le chemin.

La suite de sa semaine fut enrichissante : elle partagea un sandwich avec Guénolé et Phil ; discuta longuement avec Carole et Antoine et enfin, se lança dans un mail collectif aux deux Maisondieu de sa connaissance : Yann et Nathanaël.

De retour à Paris, elle enchaîna les activités sans se perdre ni s'épuiser. Elle se décida même à aller trois jours dans les Vosges apportant une immense joie à sa maman. Elles ne discutèrent pas beaucoup, n'étant pas des bavardes de nature, mais marchèrent dans la montagne, cueillirent les plantes pour l'herboristerie, passèrent à la faïencerie dont Armande était l'actionnaire majoritaire et cuisinèrent de concert s'offrant le plaisir d'entendre le mari de Mathilde dire « le prends pas mal, mais quand tu viens, je prends toujours trois kilos ». Poupette se laissa gratouiller avec grand plaisir tout en courant après tous les chats du quartier qui furent bien contents de la voir partir.

10

Alors que la campagne des législatives commençait, Bruno déboula furieux dans le bureau de Kaiser Nora pour en ressortir tout aussi vite mais avec une tête de vainqueur, déclenchant la désapprobation de Poupette.

Quant à Nora, des années sous le joug communiste, avaient fait d'elle une dissimulatrice professionnelle. Elle ne visait pas les 10 %, comme elle venait de le lui affirmer, elle visait l'élection qu'elle pensait bien remporter. Avec difficultés, mais avec panache.

Depuis deux mois, elle avait tout envisagé avec son « poulain ». Yvon Lescort-Poërt avait débuté sa campagne en se rappelant au bon souvenir de ses anciens administrés dont l'accueil fut des plus froids. Après tout, il avait quitté le pays depuis bien longtemps et personne n'était dupe. Il ne s'attendait pas à ce qu'on lui ouvre les bras, mais le refus de sa présence l'étonna quelque peu. Nora avait argué que la Bretagne était comme toutes les régions de France : le député était vu comme celui qui pensait à sa carrière avant de penser à sa région. Son « renvoi » du gouvernement ne faisait qu'attiser les braises de cette suspicion, braises encouragées par son concurrent. Il fit donc contre mauvaise fortune bon cœur et accepta la situation. Se battre pour la Bretagne avait ravivé en lui la flamme patriotique et lui avait donné un nouvel élan, un but dans la vie : finir sa carrière avec honneur et non au placard.

Élu ou pas, il allait défendre pour la première fois, ses convictions personnelles et non celle d'un parti politique. Il allait enfin faire de la politique, la vraie, celle pour améliorer le pays. Au fil de ses rencontres, il notait toutes les remarques, tous les mécontentements, toutes les demandes, modifiant, adaptant ses positions aux attentes réelles de la population.

Il tint compte des avis des Dieumerci que le hasard avait placé sur sa route. De fil en aiguille, il avait été amené à les côtoyer et à écouter le bon sens qui émanait d'eux. Antoine lui expliqua les heurs et malheurs d'une industrie agroalimentaire mal aimée et fortement concurrencée. Bertille et son mari Guillaume, dentistes, ainsi que Léontine mirent en avant le problème des ruptures de médicaments notamment pour les maladies les plus graves comme Parkinson et les patients qui ne continuaient pas leurs soins faute de moyens. Claude lui raconta les difficultés du monde de l'artisanat et son enjeu « Le local peut nous sauver, mais les charges sont lourdes et les apprentis se font rares ». Guibert défendit la cause animale et l'égoïsme ambiant « On veut un chien pour l'enfant, en oubliant que c'est un être vivant dont on doit s'occuper ». Guénolé, quant à lui, lui confia les nouveaux enjeux de la sécurité du territoire. Yvon, grâce à eux, discerna très vite les thèmes qui méritaient d'être débattus et défendus. Il se rendit compte aussi du fossé entre le dire et le faire. Il ne voulait plus promettre si ce n'était pas réalisable, aussi, avec l'accord de sa conseillère, cibla-t-il ce qui pouvait être fait, comment, par qui, pour quoi, avec quelles finances. Il avait compris qu'il ne gagnerait pas, mais là n'était plus son combat : il voulait amener les débats sur du concret et placer le monde politique devant ses incohérences. Il avait parfaitement senti la colère de certains, le renoncement d'autres et l'indifférence de la majorité « À quoi bon ? Vous causez, vous causez et nous, on ne voit rien venir ».

Sa campagne fut celle du petit peuple, celle de l'écoute quitte à se faire engueuler, de la récolte des revendications afin d'établir un portrait de la France du temps présent. Depuis une semaine, il préparait avec Nora sa première confrontation avec les médias, la chaîne locale ayant demandé une interview.

– Monsieur le secrétaire d'État aux transports, bonsoir.

– Bonsoir.

– Votre candidature soudaine aux législatives pose la question de sa raison. Vous avez passé beaucoup d'années à Paris, loin de la Bretagne.

Yvon Lescort-Poërt sourit.

– Et là, je me réveille en me rappelant que la Bretagne existe. Il se peut que ma candidature détonne, mais elle correspond à un cheminement. Je suis Breton, j'ai été maire de Carhaix-Plouguer pendant de nombreuses années, il me semble avoir toute ma place dans cette campagne.

– Qui arrive pile au moment où vous sortez du gouvernement.

– Qui arrive à la fin d'un mandat national et m'offre la possibilité d'un mandat un peu plus régional.

– Être député est un travail national.

– Être député, c'est défendre des valeurs régionale et nationale. C'est prendre des décisions pour les citoyens et être disponible pour entendre les doléances de sa circonscription.

– Alors pourquoi pas les régionales ou les sénatoriales ?

– Parce qu'on est plus visible à l'Assemblée qu'au Sénat.

– Donc, il s'agit pour vous d'une quête personnelle et non l'envie de représenter la Bretagne.

– Je vois. Selon vous, ma candidature est juste de l'opportunisme, de l'égoïsme. Soit. Peu me chaut. J'entends défendre mes idéaux et ma vision de la politique. Aux Bretons de décider.

– Vous ne représentez aucun parti...

– Ce n'est pas pour autant que je n'ai ni idées ni d'arguments. C'est justement pour défendre la politique telle qu'elle devrait être que je suis là.

– Parce que la politique actuelle ne va pas ?

– Bien sûr que non ! La politique actuelle est une politique parisienne. Le pays est vu depuis Paris et selon Paris. Franchement, vous nous rebattez, tous les six ans, les oreilles avec l'élection à la mairie de Paris. Ça intéresse qui à part les Parisiens ? Les députés ont un rôle de représentation du pays dans son intégralité, tout en tenant compte des particularismes. Tout en gardant à l'esprit que l'on doit développer le pays équitablement.

– Alors pourquoi pas le Sénat qui représente les régions ? Il ne sert à rien ?

– Bien sûr que si ! Il est un garde-fou. Il est là pour rappeler aux députés que les régions existent et qu'on doit en tenir compte. D'où l'importance de son regard sur nos décisions.

– Tout cela me semble bien confus.

– Qu'est-ce qui est confus ? Que je me présente ? Je ne vois pas pourquoi. Certains ministres cumulent un mandat municipal théorique et un mandat national effectif sans que cela dérange qui que ce soit. Je me présente à la députation et ça pose souci ? Intéressant comme prise de position.

– Il n'y a aucune prise de position. Je m'interroge.

– Eh bien, interrogez-vous. C'est bien. En attendant, je mènerai ma campagne sur laquelle vous n'avez posé aucune question. J'espère que les administrés auxquels j'aurai affaire seront plus curieux.

L'interview fut tendue, mais courtoise. Cela plut à Nora. Il ne s'était pas laissé démonter et surtout, elle savait, grâce aux questions du journaliste jusqu'où le camp adverse était capable d'aller. Le débat avec les candidats serait ainsi des plus prometteurs. Yvon sortit très décomplexé et content de son passage télévisé. Il n'était pas le bienvenu, mais allait se battre et rendre la tâche difficile aux autres candidats. Après tout, il avait vécu dans les arcanes du pouvoir, maîtrisant parfaitement sa face cachée. Il se savait attendu sur son parcours, sur ses compétences, sur son intérêt soudain pour la Bretagne. L'imprévisibilité de ses réponses lui laissait un indéniable avantage.

Les Dieumerci suivirent avec attention la campagne et trouvèrent que le candidat sans étiquette s'en tirait plutôt bien. Pendant toute la campagne, les quatre candidats se succédèrent dans les salles des fêtes de diverses communes. Yvon était celui qui attirait le moins. Normal. Il avait pris la décision de ne pas abreuver la région d'affiches et encore moins de tracts. Les citoyens apprenaient par voie de presse la tenue d'une réunion. Y venaient ceux qui avaient eu l'information, ceux qui avaient envie, ceux qui étaient contre lui. Les débats étaient houleux, très, mais il en sortait systématiquement victorieux. Ce qui inquiéta Bruno qui commençait à saisir la stratégie de l'ancien secrétaire d'État.

– Il n'a rien à perdre, expliqua-t-il au député. Il est donc un adversaire dangereux.

Il se décida alors à observer sa tactique. Il s'enquit de ce qu'il faisait de ses journées, qui il côtoyait. Il lui fallait absolument trouver un talon d'Achille. Sauf qu'il n'en trouva pas. Il constata que les salles restaient à moitié vides, que les habitants méconnaissaient sa candidature ; il entendit les reproches qui lui étaient faits notamment d'avoir abandonné la Bretagne et se rassura en remarquant qu'il n'était soutenu par personne. Finalement de dangereux, il devint médiocre. Ce n'était pas le petit nombre qui venait l'écouter qui allait changer la donne : une minorité sur un ensemble.

– En fait, il fait ça pour occuper son temps, jugea Bruno.

Sans compter qu'il avait quitté le parti, que ce dernier était lancé dans la campagne présidentielle, qui, elle, attirait les foules et les médias. Yvon Lescort-Poërt s'en fichait pas mal. Il menait sa quête à sa façon et cela lui faisait du bien. Il discutait sur les marchés, avec ses voisins, très à son aise. Tout comme Nora qui buvait du petit-lait. Tout se passait comme elle l'avait prévu. Pour couronner ce bonheur ambiant, une caisse de taille assez conséquente fut livrée au bureau. Elle était adressée à Armande et venait du Québec. Une lettre accompagnait l'envoi. L'écriture un peu tremblotante fit sourire Armande.

« Armande,

Nous nous sommes rencontrés à deux reprises seulement, mais que de fois ai-je entendu parler de vous par maman !

À sa mort, maman avait confié ses carnets de druide à ma sœur aînée, Giselle. Cette dernière, à sa mort, les a transmis à ses enfants qui les rangèrent au fond d'un grenier avec interdiction d'y toucher. Une chance que chez les Maisondieu nous obéissions à nos aînés ! C'est une tradition que la société moderne n'a pas encore détruite. Les carnets sont toujours dans leur emballage d'origine, maman ayant spécifié que vous en étiez la destinataire, c'est même écrit en gros dessus. Ils vous attendaient en somme.

Mes frères et sœurs, ou leurs descendants, car nous commençons à disparaître les uns après les autres, ont fouillé dans leur mémoire, leur cave et grenier pour rassembler tout ce qui pourrait vous être utile pour reprendre le flambeau de maman. Vous pourriez être étonnée qu'aucun de nous n'ait repris la suite, mais aucun de nous n'a le don. Nous savons soigner les petits bobos, pour le reste, nous sommes bien incompétents.

Vous avez donc pêle-mêle, des outils pour la cueillette, des vases pour vos décoctions, des livres divers et variés sur les Croisés que maman gardait, Dieu seul sait pourquoi, les carnets et j'ai ajouté, nous avons tous ajouté, des plants originaires de nos régions : Vietnam, Argentine, Colombie, Namibie, Arizona, Indonésie et Australie. Ils ont été cueillis par des herboristes locaux et pourront vous servir pour développer votre officine. Je gage que vous pourrez les faire pousser en créant de bonnes conditions. Vous avez aussi des adresses d'herboristes de nos contrées pour avoir de nouveaux plants selon vos besoins.

Je suis très heureux que les espoirs que maman mettait en vous se réalisent. Je suis sûr qu'elle doit danser la gigue là où elle est, en disant « je le savais, j'avais raison ». Je regrette que nous reprenions contact en ces temps tristes pour vous, mais je suis heureux d'avoir pu le faire avant de partir pour mon dernier voyage.

Bon, ce n'est pas encore maintenant, mais avec l'Ankou il faut prévoir. Profitez de chaque jour, petite Armande, et redonnez vie à l'âme des Celtes.

PS : si vous pouviez satisfaire la gourmandise d'un vieil homme avec une de vos délicieuses pâtisseries dont mes papilles se rappellent encore...

Yann Maisondieu ».

Poupette tournait autour de la caisse cherchant comment y entrer.

– Dieumerci ! Ouvrez cette caisse, ça nous évitera d'avoir Poupette en mode Sioux prête à attaquer une diligence.

L'intérieur révéla un vrai trésor : les carnets de Pétronille, un microscope savamment emballé, des outils de collecte, des vases en faïence, des petites fioles pour récupérer des fleurs et autres lors de sorties cueillette, des livres et des plants enveloppés.

– Eh ben, siffla Nora. Vous avez tout de l'apprentie sorcière avec ça !

Armande referma le couvercle sous le regard mécontent de Poupette.

– On déballera à la maison. Là, on doit aller en réunion.

Poupette se coucha en grognant dans son couffin et s'endormit.

Le soir, après la sortie pipi, Armande défit entièrement la caisse et osa franchir le pas : elle retira les carnets de Pétronille de leur protection de cuir. Là où elle attendait des cahiers comme Gaspard, elle trouva un livre. Un très gros livre. Comme un manuscrit du Moyen Âge. Les feuilles étaient cousues entre elles par des lanières de cuir tandis que les pages étaient couvertes d'une écriture fine et minuscule. Chaque page présentait une fleur dessinée en floraison, sa racine, dessinée elle aussi et enfin ladite fleur séchée. En dessous, les caractéristiques : période de floraison, lieu de pousse, période de récolte et vertus médicinales. Les plantes exotiques n'étaient pas en reste, les Maisondieu ayant migré aux quatre coins du monde ! Quelle ne fut pas sa surprise de trouver dans le fond de la caisse, un deuxième livre répertoriant tous les baumes, lotions, infusions réalisables et leurs buts médicaux.

– Ben, ça.

Poussée par la curiosité, elle prit un plant envoyé et se mit en devoir de le chercher dans le livre de Pétronille. Il lui fallut deux bonnes heures pour le trouver, mais cinq minutes pour décider de lancer sa production.

– On va voir si j'ai vraiment la main verte.

Avant de se coucher, elle prépara des tartelettes aux abricots que Yann Maisondieu savoura avec une telle gourmandise qu'il accepta avec difficulté de laisser son petit-fils y goûter.

– Une seule alors !

11

Il entra dans l'herboristerie, la mine fatiguée.

– Vous voulez que je vous dise, commença-t-il en préambule. J'arrête.

Voilà, c'était dit. Poupette grogna son mécontentement.

– Eh ben, si. J'arrête. Ça ne vaut pas le coup.

Nouveau grognement.

– Poupette a raison.

Armande n'avait pas levé les yeux de sa préparation.

– Pou... C'est un chien.

– C'est Poupette et elle a raison.

Il soupira.

– Je ne sais plus. Voilà. Je ne sais plus ce qui vaut la peine.

– Vous êtes fatigué.

Elle se leva et sortit des tasses.

– Vous allez me faire avaler une potion magique ? s'amusa-t-il.

Elle le regarda et sourit. Oui, il était fatigué. C'était net. Il semblait surtout las. Et déprimé. La politique était son domaine donc elle savait que ce ne pouvait être la raison de cette mélancolie. Le corps vieillissait et le faisait souffrir. Mais ce n'était pas suffisant pour expliquer le voile de tristesse dans le regard. Elle piocha à l'intérieur de différents pots, laissant se répandre une odeur d'épices et de plantes séchées.

– Ananas, orange, gingembre, annonça-t-elle en servant.

Ils goûtèrent en silence l'infusion et Yvon Lescort-Poërt se servit un gâteau sec.

– C'est toujours aussi bon. Quoi que vous fassiez, c'est toujours aussi bon.

Elle resta silencieuse cherchant ce qui pouvait bien l'attrister.

– Vous savez quand je me suis lancé dans cette campagne, c'était par bravade. Une façon de leur dire « Je vous emmerde ». Mais, à présent, je ne sais plus.

– Vous êtes fatigué.

– Oui. C'est vrai. Le rythme est haletant. Pourtant, je suis habitué. Mais là, c'est peut-être le combat de trop.

Elle réfléchit.

– Peut-être. Ou peut-être le problème est-il ailleurs.

Il haussa un sourcil.

– Vous me rappelez mon grand-père au moment où il a passé la main. Il était triste. Très. Tout le monde croyait que c'était parce qu'il prenait sa retraite et qu'il craignait que son successeur ne soit pas à la hauteur. Mais non. Marc-Antoine était le meilleur choix. Il était triste parce qu'il ne savait pas comment annoncer à maman qu'elle n'hériterait que de trente pour cent des parts et moi des soixante-dix restants. Il redoutait de l'humilier. C'était sans compter ma grand-mère qui avait vendu la mèche à maman, nous permettant d'en discuter toutes les deux de façon à ne pas laisser de rancœur ou de sentiment d'injustice s'installer. Mais c'était cela qui le rendait triste : avoir l'impression de léser sa fille.

Il médita un instant.

– Vous pensez que pour moi, c'est pareil ?

– Oui.

– Pourquoi votre grand-père a-t-il fait ce partage ?

– Maman s'était remariée et je suis sa première née. Chez les Du Cerfeuil, depuis quatre générations, la faïencerie se transmet au premier-né. Garçon ou fille. Il est formé au métier pour pouvoir le reprendre. Papy voulait garder la tradition.

– Votre maman aurait dû hériter.

– Maman est devenue maman très jeune. Sa formation était incomplète et puis moi, j'avais toujours aimé me traîner dans l'usine. Au contraire d'elle.

– Vous avez été formée ?

– Oui.

– Mais pourquoi n'avez-vous pas repris la faïencerie ?

–Un jour, leur secrétaire, Marinette, a annoncé qu'elle serait en arrêt pour longue maladie. Je l'ai remplacée. Grand-père m'a trouvée très efficace. Il a vu que je serais meilleure en gestionnaire qu'en ouvrier de faïencerie. Je sais préparer, mais pas très bien cuire.

– Vous vous occupiez donc aussi de la faïencerie.

– Oui. J'ai commencé à assister aux réunions, puis au conseil d'administration.

– Votre maman n'a jamais voulu... ?

– Non. Elle travaillait pour mon futur beau-père et quand ils se sont mariés, il lui a donné des parts de son relais routier. Ils en sont propriétaires tous les deux. Maman s'y sentait bien. Elle craignait de ne plus savoir faire avec la faïencerie.

– Au moins, vous vous entendez bien.

– C'est votre famille qui vous pose souci ?

– Oh, non. Il y a bien longtemps que j'ai renoncé à l'idée d'avoir fondé une famille. Je me suis marié, j'ai eu des enfants, j'ai divorcé. De là à parler de famille, il y a un fossé.

– Vous êtes dur.

– Non, réaliste. Je ne geins pas sur mon sort, vous savez. C'est comme ça. J'ai eu une belle vie.

– Mais il y manque quelque chose sinon vous ne seriez pas là.

Il lui rendit un large sourire.

– J'aurais aimé être encore jeune pour vivre cela. J'étais un vrai sauvage, vous savez. Un carnassier. Gentil, mais carnassier quand même. Rien ne me résistait ni les femmes ni les hommes. J'ai gravi les échelons grâce à mes compétences et au jeu politique. Quand vous le maîtrisez, tout s'ouvre devant vous. J'avais un boulevard.

Il se tut.

– Vous l'avez toujours.

– Sans doute, mais je n'en vois plus l'intérêt, je crois.

– Quand on nous a annoncé la maladie de Marin, nous avions deux choix. Pleurer, pleurer et accélérer le processus pour éviter la déchéance du corps ou nous aimer encore plus fort et vivre ensemble ce dernier moment. Il nous a fallu un an de tristesse pour choisir de nous aimer. Je ne sais pas si c'était le bon choix. Marin a souffert dans sa chair et dans son âme. Il connaissait chaque étape, le déroulement complet du processus, il sentait venir la mort. Plusieurs fois, il a failli, plusieurs fois il m'a suppliée de lui donner une potion pour mettre un terme à cela. Mais le lendemain, il s'excusait et je l'aimais encore plus. Il est mort apaisé, vraiment. Je ne pensais pas qu'au seuil de la mort, on pouvait être en paix avec soi-même. Il est mort entouré des siens, je pense que c'est pour ça. Mourir seul doit être horrible. Enfin, je ne sais pas. Je verrai bien par moi-même. Quelle que soit la raison de votre lassitude, il faut la trouver et la comprendre. Vous aimez la politique, c'est votre moteur. Il faut chercher ce qui vous blesse.

– Ce n'est pas très compliqué, reprit-il après un long silence, je suis vieux. Les autres concurrents sont plus jeunes, plus dynamiques. Ils sont moi il y a quarante ans : de jeunes loups. La population a envie de changer de politique, ils l'incarnent mieux que moi. Même Madame Kowalski.

Il s'arrêta rougissant comme un gamin pris en faute.

– Madame Kowalski aime les pâtes de fruits et les mendiants.

Elle se leva et retourna à son travail, laissant Yvon Lescort-Poërt totalement décontenancé.

♪

– Bien. Vous vous sentez prêt ? demanda Nora, imposante derrière son bureau.

Il acquiesça, mais il était aussi prêt que les Spartiates aux Thermopyles : mourir vite. Elle dut le remarquer, car son regard se durcit. Il se mit à transpirer.

– Si vous voulez arrêter, c'est maintenant, lui lança-t-elle d'une voix d'acier.

Un frisson le parcourut. Il se tortilla sur sa chaise, mal à l'aise. Ce fut l'arrivée inopinée de Poupette qui lui permit de se reprendre.

– Non, j'irai au bout. Ce n'est pas un débat qui va me faire reculer.

Elle le fixa cherchant à comprendre. Poupette s'en mêla alors en faisant tomber un sac duquel jaillit une boîte en métal. Contente d'elle, elle retourna, dandinant des fesses, vers sa maîtresse.

– Bon, hum, oh et puis merde ! De toute façon, pour ce que ça va changer.

Il se baissa, ramassa la boîte, en sortit une deuxième et les offrit à Nora.

– Pour vous remercier.

Déstabilisée, elle prit les boîtes et les ouvrit. Il fut soulagé de voir son visage étonné. Elle était vraiment très belle. Elle leva les yeux vers lui le faisant rougir comme un écolier.

– Merci.

Le merci était doux et sincère. Il quitta le bureau en faisant un clin d'œil à Armande.

– Dieumerci !

– Madame ? Oh, fit celle-ci jouant les ingénues.

– Qu'est-ce qui lui prend ?

Armande ouvrit la bouche, mais la referma.

– Dieumerci…

– Ne vous plaignez pas, Marin, lui, m'avait offert deux poireaux, deux choux-fleurs, une botte de carottes, des oignons, de l'ail, et des navets de Bretagne.

Kaiser Nora resta un instant stupéfaite de la réponse quand finalement elle en comprit le sens. Seule Poupette la vit rougir, hésiter pour finalement manger une pâte de fruits. Satisfaite, elle retourna à son panier.

– Dieumerci !

– Je sais. Poupette, tu serais bien aimable d'arrêter de flatuler. Imagine, si je faisais pareil.

Poupette regarda sa maîtresse, puis se mit à rire. Enfin, Armande crut qu'elle riait. Parce que Poupette était tout de même un chien.

12

– Alors ? Tu trouves ton bonheur ?

Le beau-père d'Armande la héla depuis le rez-de-chaussée. Sa maman l'avait appelée pour lui demander de jeter un œil au grenier de la maison familiale, le père de Mathilde ayant laissé tout un tas de bric-à-brac. À la mort de ses parents, Mathilde avait laissé la maison fermée et n'y avait jamais remis les pieds. Par honte. Honte de ne pas avoir été la fille qu'ils auraient voulue ; d'avoir cassé les espérances de son père ; de ne pas avoir été à la hauteur. « Conneries » lui avait maintes fois répété celui qui était devenu son époux. Ce qu'Armande confirma en revenant d'une sortie à vélo qui l'avait conduite jusqu'à la maison de ses grands-parents. À son retour, son silence avait inquiété sa maman.

– Tout va bien ? Tu as rencontré...

– Non. Je me demandais juste pourquoi vous n'habitiez pas la maison de papy et mamie. Parce que vous seriez mieux installés. Comprends-moi, ton appartement est très bien, expliqua-t-elle à son beau-père, mais vous vieillissez. Une maison en rez-de-chaussée serait préférable à des étages. Sans compter le jardin et le calme de l'environnement.

– Elle est plus petite. Pour recevoir les enfants…

– Ils peuvent prendre un gîte !

– On ne pourrait pas loger nos petits-enfants !

– Mais bien sûr que si ! Ils feront du camping !

– Armande n'a pas tort, commença doucement le mari de Mathilde. Je ne veux pas vous prendre un bien de famille, ajouta-t-il tout de suite, ne voulant pas que sa belle-fille se méprenne. Cependant les étages, c'est vrai, ça devient difficile. Et puis, ici, on est en ville, là-bas, on aura plus de nature.

– Je vais m'installer en Bretagne, la maison ne peut pas rester inutilisée.

– C'est loin la Bretagne, soupira Mathilde.

– Je ne peux pas rester loin de Marin. Je n'y arrive pas.

Des larmes perlèrent aux yeux d'Armande.

– Il me manque terriblement. Là-bas, je pourrai aller lui parler. J'en ai besoin.

Le silence se fit, interrompu par les gémissements de Poupette.

– Moi, je dis, on devrait aller voir cette maison, hein ? décida le mari afin de couper court au malaise qui s'installait.

Ce qu'ils firent « mais après la tarte aux prunes ». Armande était donc montée dans le grenier de ses grands-parents pour estimer le fameux bric-à-brac. Elle ne fut pas déçue. Il y avait de tout : des paniers en osier, des caisses de livres, des caisses de revues, des bibelots et tous les outils anciens utilisés pour faire de la faïence. Il y avait aussi des outils de jardinage, des tissus, des vêtements, quelques meubles notamment une banque de pharmacie et un comptoir en chêne.

– Maman ! Vous pouvez monter ?

– Mince !

Armande souriait aux anges en tenant une faïence.

– Regarde !

Mathilde se mit à rire.

– C'est quoi ? questionna le mari de Mathilde.

– C'est moi qui l'ai fait !

– Ah. C'est original…

– Oui, bon d'accord, c'est raté, mais c'est mon œuvre.

♪

Dans les caisse de livres rapportées des Vosges, Armande découvrit des catalogues de musées, des livres sur les Croisés ainsi que le cahier de dessins de son grand-père. Les prototypes étaient représentés avec leurs mesures et les différents essais pour les réaliser. Monsieur Du Cerfeuil avait tout annoté. Comme Pétronille. Cette coïncidence laissa Armande songeuse.

Elle avait entre les mains le savoir d'une herboriste et d'un faïencier. Les deux métiers qui intervenaient dans son projet. Prise d'une inspiration, elle appela Mathilde.

– Maman ? Vous pourriez regarder dans les caisses de livres qui restent s'il n'y aurait pas des cahiers ? Oui, du genre, cahiers d'écolier avec des dessins dedans ?

Missionnée par sa fille, Mathilde se rendit à la maison avec son mari et trouva, « après avoir déplacé des montagnes de cartons », tout un tas de cahiers, feuillets, papiers anciens. Papiers suffisamment anciens pour dater du fondateur de la faïencerie : Aristide Du Cerfeuil. La famille Du Cerfeuil avait religieusement gardé tous les documents d'origine : les comptes, les dessins, les secrets de fabrication, les bons de commande, les premiers daguerréotypes, les photos, les expositions, les affiches publicitaires, les articles de presse, les honneurs militaires. Chaque Du Cerfeuil avait participé aux guerres : 39-45, 14-18, la franco-prussienne de 70. Elle découvrit également que les Du Cerfeuil avaient servi sous Napoléon. Il ne lui fut pas difficile d'imaginer que la lignée des Du Cerfeuil remontait plus loin dans le temps. Avant Aristide, les Du Cerfeuil devaient avoir exercé une autre profession, mais les documents en sa possession n'en faisaient pas mention.

– C'est fou, hein, Poupette. Je n'aurais jamais cru.

Le chien la regardait avec intensité.

13

Fin juin, Armande retourna en Bretagne non seulement pour suivre le débat d'Yvon Lescort-Poërt, mais aussi pour s'entraîner en vue d'un examen important. En premier, elle se rendit à Rennes afin de remettre ses deux boîtes à l'ancien secrétaire d'État.

– Elle n'a pas aimé ? Je m'en doutais.

– Vous savez ce qui est bien avec vous, c'est votre vision de la vie. Les boîtes sont vides. Ce n'est pas Poupette qui les a vidées... Vous ne séduirez pas Madame Kowalski avec des atermoiements. Ni avec de la suffisance et encore moins avec de l'assurance. Il vous faudra être patient et lui montrer que vous ressentez de l'affection pour elle et non du désir. Soyez doux, rassurant. Et au fait, si vous comptiez vous amuser avec elle, j'appellerai l'Ankou, lui lança-t-elle, le laissant démuni.

Elle le planta là, sur le plateau de télévision, deux boîtes vides dans les mains. Avant le début de l'émission, Nora lui envoya un SMS « La prochaine fois, demandez à Armande des cookies et des meringues ». La maquilleuse le trouva assis, un sourire niais sur le visage.

♪

– Alors de retour ?

– Oh ! Monsieur...

– Alexandre Millerand.

– Oui, pardon. Décidément, je n'arrive pas à mémoriser votre nom.

– Mais vous me reconnaissez et vous m'accueillez, c'est déjà bien. C'est pas tout le monde qui se comporterait ainsi.

Elle lui sourit.

– En pleine préparation ?

– Oui. Je dois préparer cette liste.

– Et vous êtes toute seule ?

– Gaspard m'a dit d'essayer seule avec les livres.

– Livres ?

Elle lui indiqua le livre de Gaspard et celui de Pétronille.

– Finalement, vous avez trouvé le grimoire de Pétronille. Alors vous êtes bien son héritière. Il va falloir vous installer sans tarder.

– Je sais. Mais je n'ai pas encore trouvé.

– Parfois, on a ce que l'on recherche sous les yeux, mais c'est tellement beau qu'on n'ose y croire.

Il la regarda, énigmatique.

– Je vous laisse, mais je serais vous, j'irais du côté de la chapelle de Siméon. Le coin est sympathique.

– Et protégé de Dieu, répondit-elle amusée.

– Quand il est arrivé en Bretagne, il a été hébergé par une famille sans le sou. Des vilains ou des serfs vivant misérablement, mais le cœur sur la main et prêts à aider leur prochain. Ils lui donnèrent le peu qu'ils avaient et l'aidèrent à construire sa chapelle. « Ici sera la maison de Dieu », leur aurait-il dit en les quittant.

Il la salua et partit.

– La maison de Dieu, murmura-t-elle en écho.

♪

– Tu vois, j'ai pas mal de travail, mais je m'en sors. Jusque-là, les seules épreuves que je n'ai pas très bien réussies, c'est la reconnaissance des plantes une fois séchées. Je ne les connais pas encore toutes. Sinon, j'arrive à peu près pour le reste. Il faut dire que grand-mère Pétronille m'avait appris plein de choses. Je ne m'en étais jamais aperçue.

Armande, assise par terre devant l'urne, racontait son quotidien à son mari. Comme du temps de son vivant. Cela lui faisait le plus grand bien. Elle resta ainsi deux bonnes heures dans la chapelle et, au moment de partir, elle s'arrêta devant la tombe de Pétronille.

– J'espère que je réussirai et que les Maisondieu ne se seront pas départis de leurs biens pour rien.

Soudain, ce fut le choc. Les Maisondieu. Les Maisondieu. La maison de Dieu de Siméon. Armande sortit précipitamment. La maison de Dieu. Maisondieu. Maisondieu. La maison de Dieu.

Une fois le choc passé, après s'être morigénée version « Non, mais c'est bon, tu vas pas te mettre à gober toutes les légendes non plus », Armande se fit une compote de pommes dans laquelle elle trempa avec gourmandise des biscuits secs. Poupette, calée, à ses côtés grignotait une carotte. Parfaitement, une carotte. Et elle allait très bien. Au grand dam du vétérinaire qui n'avait jamais vu de chien végétarien. Nora Kowalski, chez elle, s'était servi un verre de vin blanc qu'elle accompagnait de toast au foie gras. Pas n'importe lequel : celui de la maman d'Armande. Les Dieumerci étaient, eux aussi, devant l'écran, impatients de voir comment leur candidat allait se comporter.

Yvon Lescort-Poërt se présenta comme à son habitude : très calme et n'ayant rien à perdre. Au pire, il remporterait la mise, au mieux, il irait cultiver ses légumes dans son jardin en préparant des petits plats pour séduire Nora. Il n'avait donc rien à perdre ou à craindre ; il était dans son bon droit et avait, somme toute, mené une campagne selon ses envies. Il espérait simplement ne pas décevoir Nora. Ni Poupette.

Le débat, organisé par la chaîne locale, commença par une présentation générale des candidats, suivie des premières questions. Que du banal. Chacun argua qu'il était le meilleur pour représenter la Bretagne « la preuve quand j'étais… » Yvon, lui, joua franc jeu.

– Pourquoi me présenter ? Pouvez-vous me dire ce que j'ai fait pendant trente ans ?

Rire des candidats.

– Ben, voilà. Vous ne pouvez pas. Vous pouvez, en revanche, citer le discours de tel ou tel député à l'Assemblée, son vote, sa position, ses propositions. Dans mon cas, vous ne pouvez rien dire parce que j'appartenais au gouvernement et que quoique je proposasse, ce n'était pas mon nom qui était cité, mais celui d'un ministre, d'un député, du chef de l'État.

– Notre vénérable ami vient de nous faire une belle leçon d'égoïsme et de carriérisme !

– De… Oh, vous voulez jouer ? Jouons. J'ai été maire de Carhaix-Plouguer pendant dix ans. J'aurais pu faire ma carrière dans ma ville ou dans mon département, mais non. J'ai été appelé à un poste de haut fonctionnaire, pendant vingt ans, puis au poste de secrétaire d'État. Vous croyez que j'aurais dû refuser ? Parce que vous, si demain, le chef de l'État vous appelle à de plus hautes fonctions, vous allez lui dire « Non, non, merci, je préfère rester député de la Bretagne ? ». Et si vous, derrière votre écran, vous croyez ça, c'est que vous connaissez mal le monde de la politique. On veut toujours aller plus haut et on va tellement haut qu'on ne voit plus ce qu'il y a en bas. Et moi, j'ai envie de voir ce qu'il y a en bas.

– En même temps, vous n'êtes plus secrétaire d'État, susurra le candidat de la majorité.

– Non, je ne le suis plus. Je suis trop vieux sans doute ; plus à la page. Mais ce n'est pas la raison de ma candidature. Et j'en ai marre de devoir me justifier. Vous êtes candidat en Bretagne parce que l'État vous l'a demandé. Il n'y a pas de quoi faire de vous le plus dévoué des députés pour cette circonscription. Ils vous auraient envoyé dans la Creuse que vous tiendriez le même discours. Et je n'ai rien contre la Creuse, ajouta-t-il moqueur.

– Le choix du gouvernement n'a rien à voir là-dedans !

– Eh ben, mon renvoi du gouvernement non plus.

La passe d'armes entre les deux rivaux était lancée, effaçant les autres candidats dont la mine dépitée était visible.

– Avouez, tout de même, qu'elle tombe à pic.

– Effectivement. Oh, je ne vais pas cacher que j'ai posé ma candidature par bravade, pour montrer que j'avais encore du ressort, mais ça m'a passé.

– Comment en être sûr ?

– Mais je ne vous dois rien, en fait. Les Bretons voteront, point. J'ai dit ce que j'avais à dire, j'ai démontré ce qui était possible, ce qui relevait du rêve.

– Votre programme est austère, fit remarquer la candidate des Verts.

– Vous êtes des comiques ! Comment voulez-vous payer vos promesses ? Avec quoi ? De la poudre de perlimpinpin ?

– Et dans ce domaine, vous vous y connaissez…

Ce fut murmuré, mais audible.

– Je m'y connais ? Vous pourriez préciser ? Vous sous-entendez quoi ? Autant être clair.

– Messieurs, revenons au débat. Vous dites qu'on ne peut pas faire rêver, alors quelles sont vos priorités ?

– Les industries agroalimentaires, les aider à trouver des débouchés, à encourager le bio, à créer des produits attractifs. Elles offrent des emplois, beaucoup d'emplois. Il faut les aider à se digitaliser, à lancer des produits fermiers. Il faut aussi former les gens dans les EHPAD. C'est bien sympa de dire qu'il faut embaucher, mais il faut former. On ne gère pas un patient Alzheimer comme une fracture du tibia. Il faut aider à comprendre la maladie pour mieux soigner et éviter la maltraitance. Parce qu'elle existe. Les maisons de retraite aussi, il faut les aider à financer des programmes d'animation. Créer un lien avec des tout-petits. Développer des programmes de lutte contre le décrochage scolaire, porte ouverte à la dérive sectaire, à la délinquance. Gérer les relations avec l'Angleterre. Sa sortie de l'Europe pose le problème de la pêche. En se séparant de nous, elle risque de fermer ses eaux poissonneuses. Que va-t-on dire à nos pêcheurs ? Merci de faire dans le tourisme ? Il faut, là aussi, soutenir cette filière, encadrer sa mutation si elle doit avoir lieu. Mais en concertation avec tous. Pas depuis le haut. Voilà, mes priorités. Celles qui sont financièrement réalisables et qui reposent sur la bonne volonté de tous.

Les autres candidats renchérirent chacun allant de sa proposition, de ses priorités. Le débat fut riche, permettant à Yvon Lescort-Poërt d'en sortir grandi. Nora était très contente, Poupette aussi.

– Poupette ! Bon, demain, on essaie la menthe dans tes plats ! Parce que là, c'est plus possible !

14

– Tu veux de nouveau de la crème vanille ?

Armande acquiesça. Allongée sur son lit, le genou emmailloté et recouvert de compresses froides, elle se laissait chouchouter par ses parents arrivés en urgence des Vosges. Il faut dire qu'elle avait fait peur à tout le monde. D'abord à Nora qui tenta de la joindre pendant deux jours, en vain, l'obligeant à débarquer version US Navy à la gendarmerie de Pont-Aven et s'agaçant fortement devant l'obstination des gendarmes à penser à un suicide.

– Puisque je vous dis que ce n'est pas possible ! Yvon, dites-leur !

– Nora, tout laisse à penser...

– Merde à la fin ! Il lui est arrivé quelque chose, oui, mais pas ça ! Pas avec Poupette ! Jamais Dieumerci ne ferait du mal à Poupette ! C'est le cadeau de son mari !

– Justement, tenta l'officier prenant sa déclaration de disparition.

– Je rêve ! Je reformule : jamais Dieumerci ne porterait atteinte à une autre vie.

– Peut-être...

Le peut-être la fit sortir de ses gonds et de la gendarmerie par la même occasion. Armande fit, également, peur à ses parents. Parce qu'ils se l'imaginèrent agonisant sur le bord de la route. Quand Nora les appela pour leur dire qu'on l'avait retrouvée, ils ne demandèrent ni où ni comment, ils prirent la voiture et préparèrent son retour à Rambouillet. Guénolé et les Dieumerci eurent, eux-aussi, une belle frayeur. Ils pensèrent aussi au suicide et furent soulagés quand Nora les appela.

– Elle a une magnifique entorse !

Ils ne surent pas tout de suite comment Armande s'était blessée, « inutile de les affoler » avait décidé Nora « Armande a besoin de repos maintenant ». Et du repos, depuis trois jours, elle en prenait, Poupette collée à elle.

– Écoute, tu n'as peut-être pas envie d'en parler, mais comme ta mère est sortie avec Poupette, est-ce que tu pourrais me dire ce qui s'est passé ? Je ne le dirai pas à Mathilde.

Armande hésita, puis raconta à son beau-père sa mésaventure : en voulant sauver une vache attaquée par trois gredins, elle s'était retrouvée à se battre. D'abord contre celui qui frappait le bovin, puis contre celui qui menaçait d'égorger Poupette, le chien ayant décidé d'aider sa maîtresse en s'attaquant aux mollets.

Victorieuse par épaule arrachée et mâchoire explosée, elle avait trouvé refuge au deuxième étage d'une longère.

- Ils ont essayé d'entrer, mais la trappe que j'avais fermée était bien bloquée. Par précaution, on s'est cachées dans un angle mort et voilà. Je crois que je me suis évanouie après avoir bougé mon genou.

Son beau-père se leva pour changer les compresses froides.

– Tu vois, dit-il, revenant, je me doutais que c'était un truc comme ça. Pour ta mère, on dira que tu es tombée de vélo et que tu as attendu dans le fossé. C'est ce que ta patronne lui a dit. Pas la peine qu'elle ait peur maintenant que tu t'installes en Bretagne.

– Je n'y suis pas encore. Je n'ai pas trouvé de maison.

– Tu trouveras. Je ne m'inquiète pas.

– Et vous ?

– Eh bien, on a rangé le grenier pour bien séparer tes affaires des nôtres. Et on commence nos cartons. On a mis l'appartement chez un notaire, celui chez qui tu travaillais et en agence. On a eu quelques visites. J'ai confiance. Je suis content que tu aies parlé de la maison. J'avoue que les étages commençaient à me peser et puis ta mère fait, de nouveau, des projets. Ça nous fait du bien. On est plus près de la faïencerie, ça aussi, ça nous fera du bien.

– Surtout si vous faites la popote pour les employés, s'amusa Armande.

– Ah, ça, tu connais bien ta mère : une tarte par-ci, un flan par-là.

– C'est nous !

Poupette, se précipitant sur le lit d'Armande, vint coller sa truffe humide sur son visage.

– Dis donc, toi, il va falloir qu'on trouve quelque chose pour ton haleine. Oui, parfaitement, ajouta-t-elle devant le grognement de son chien.

Le téléphone sonna.

– Madame. Oui, je vais bien. Non, je ne fais pas de bêtises. Oui, je suis bien allongée sur mon lit. Non, je ne travaille pas. Mais je pourrais. Très bien. Oui, promis, j'attendrai la semaine prochaine pour récupérer mon retard.

– Elle est bien ta patronne, commenta son beau-père. Par contre, on lui remboursera notre séjour. On ne va pas la laisser nous payer quinze jours en hôtel.

– Non merci. Laissez-la faire, sinon, elle va être imbuvable.

– Mais Armande ! s'indigna sa maman.

– Cela ne me plaît pas non plus, mais je sais qu'il faut la laisser faire. Elle est comme ça.

– Tu sais qu'elle t'a veillée une nuit complète !

Armande sourit. Oui, elle le savait. Elle avait senti la truffe de Poupette sur son visage et entendu la voix de Nora.

– Écoutez, ce n'est peut-être pas dans le règlement, mais je ne bougerai pas d'ici tant qu'elle ne se réveillera pas. Et le chien reste avec moi. Armande ne connaît personne, il lui faut un visage ami à son réveil. Vous pouvez envoyer le GIGN si cela vous fait plaisir, je ne bougerai pas !

Le GIGN ne fut pas nécessaire. Yvon Lescort-Poërt intervint en personne auprès du directeur de l'hôpital et des médecins. Même sans son intervention, Nora aurait eu le droit de rester parce que les infirmières avaient fait le lien entre Yvon et Nora. Entre le discours d'Yvon et Nora.

♪

– Mesdames, Messieurs, chers électeurs. Je me présente devant vous humble et reconnaissant. Vos votes ont montré que la parole vaine n'a plus sa place en politique et que vous souhaitiez autre chose pour vous et vos enfants. Votre vote a montré que la parole sincère et la vérité priment désormais. Grâce à vous, je peux être en lice pour le deuxième tour. Grâce à vous, je peux défendre ma vision de la politique, qui doit être au plus proche du citoyen. Mais voilà. Nous sommes trois à concourir et il n'y a de place que pour un seul. La candidate écologiste a recueilli la majorité de vos voix, j'arrive en deuxième position à quasi-égalité avec le candidat de la majorité. L'un de nous doit s'effacer pour permettre au meilleur choix d'exister. Je serai ce candidat. Je me retire donc de la campagne. Non pas par crainte du combat, mais parce que la vie vient de me rappeler qu'elle peut être fragile.

Il fit une pause pour laisser le temps à la nouvelle d'entrer dans les esprits.

– Une femme pour laquelle j'éprouve une profonde affection est dans la peine. Élu député, je ne pourrais être à ses côtés dans les moments difficiles. Élu député, je serais obligé, parce que son activité pourrait interférer dans mes dossiers, de lui demander de mettre sa carrière entre parenthèses, de se mettre dans mon ombre en attendant la fin de mon mandat. Je n'ai jamais exigé un tel sacrifice de mon ex-femme - même si je vous concède que nos métiers appartenaient à des sphères totalement opposées. Cependant, je n'ai pas l'intention de commencer à présent.

Il but une gorgée d'eau non par soif, mais pour masquer son sourire devant la tête des journalistes et surtout devant la tête décomposée de Bruno.

– Je vais continuer mon action locale en me mettant à la disposition des citoyens et en agissant au plus près du terrain. J'ignore encore comment, mais ce sera ma dernière action politique. Je veux pouvoir être aux côtés de ceux qui ont besoin de moi pour de l'administratif, pour monter ou analyser un projet. Je ne fuis pas comme on vous le dira sans doute. Je suis honnête avec moi-même. Je ne veux pas me priver de la chance de vivre une autre vie, alliant politique et vie privée. La politique est un sacerdoce, ma famille l'a subi, sans trop de dommages je pense, au vu de la carrière de mes enfants et de mon ex-épouse. Je n'ai pas envie de me lancer dans la députation, sachant qu'elle fera souffrir une tierce personne. Ou même tout simplement, sachant qu'elle me fera souffrir. La carrière, c'est bien. La mienne est faite. Je vais m'octroyer le luxe d'être à la disposition des autres et de faire avancer le pays par le petit bout de la lorgnette. En étant plus près de vous, je vous servirai au mieux. Je vous remercie pour votre confiance. Je vous remercie d'avoir montré à l'État que vous vouliez autre chose pour l'avenir. Placez vos votes dimanche prochain dans le candidat le plus en adéquation avec vos rêves, vos envies. Merci.

La stupéfaction était encore visible sur les visages des journalistes. La conférence de presse avait pris une tournure inattendue, tellement inattendue qu'il leur fallut un temps pour se reprendre et se précipiter dans leurs rédactions.

L'annonce fit l'effet d'une bombe à l'Élysée. Non pas parce que le secrétaire d'État se retirait, mais parce qu'il renonçait par amour d'une femme, pour lui éviter d'arrêter de travailler.

Les réseaux sociaux se mirent en branle. Chacun y allant de sa colère, de son mépris ou de ses louanges « Enfin, un homme qui n'exige pas que sa femme disparaisse à son profit ». « Moi, je dis que c'est douteux, ils se font tellement de pognon qu'il serait con d'arrêter ».

Le complotisme fit son apparition, faisant de la Bretagne la zone 51 française.[8]

Yvon s'amusa de l'ensemble des délires des internautes et des journalistes. Ces derniers issus de toutes les chaînes envahirent la Bretagne afin de l'interroger, certains rappelèrent d'anciens cas similaires, d'autres les cas opposés, mais le tout ne dura que cinq jours, autrement dit au moment du deuxième tour le coup de tonnerre était passé. Le plus étrange fut qu'aucun journaliste ne chercha qui était la femme à l'origine de la prise de conscience d'un homme politique.

Nora estimant qu'une semaine et demie sans rien faire était suffisant, bombarda, dès le mercredi, son assistante de dossiers, courriers à saisir et classer. Une navette se mit en place entre le bureau et l'appartement, qui servit également d'annexe pour Nora. Elle y venait un après-midi par semaine « pour dicter le courrier », mais en réalité pour voir Poupette et Armande. Elle s'était occupée de la première pendant les deux jours de « coma » de sa secrétaire et avait eu la peur de sa vie pour la deuxième quand elle constata qu'elle était injoignable. Peur pour elle et pour elle-même. Armande était la seule en qui elle avait une confiance aveugle, la perdre, c'était se perdre elle aussi. Lorsque son téléphone resta muet, une vague d'angoisse, qu'elle ne put contrôler, la submergea. La colère face à l'attitude, certes compréhensible au vu des circonstances, de la gendarmerie remplaça la peur. Quand elle la vit arriver à l'hôpital, livide, le genou gros comme un ballon de foot,

---

[8] Zone dans le Nevada où se trouve une base militaire secrète.

elle s'était senti mal. « Et si cela avait été plus grave ? ». Venir voir Armande était devenu un besoin. Pour se rassurer, pour se faire du bien. Elle venait avec une gâterie pour Poupette, de type carotte et repartait avec des macarons ou des biscuits.

Le discours d'Yvon avait également changé la donne. Elle avait découvert son attachement pour elle au point de renoncer à une belle carrière de député. Nora en fut bouleversée. Elle resta, cependant, sur ses gardes connaissant parfaitement la gent masculine, mais dut reconnaître sa sincérité tant il était prévenant et attentionné. Il l'avait accompagnée à la gendarmerie, avait joué de son influence à l'hôpital, était resté discret, mais présent au quotidien.

♪

Les élections du second tour confortèrent la candidate écologiste qui avait montré son admiration, sincère, devant le désistement d'Yvon et surtout devant la raison de cet abandon. Les électeurs d'Yvon reportèrent leurs voix sur elle, car elle semblait lui correspondre et surtout parce qu'elle avait promis de faire appel à lui pour les grandes décisions concernant la Bretagne. Yvon, lui, sillonnait le Finistère et le Morbihan pour trouver une maison à Armande. Son nom et sa fonction lui ouvrirent les agences, mais rien ne se présentait.

– Êtes-vous sûre de vouloir aller du côté de Pontivy ? lui demanda-t-il.

– Oui. C'est l'origine des Maisondieu.

– Mais vous êtes une Dieumerci.

– Mon mari. Moi, je suis une Du Cerfeuil.

- Bon, en attendant, je n'ai rien trouvé comme maison.

– Vous êtes vraiment gentil de faire ces démarches.

– Gentil ? Vous rigolez ! Plus vite vous serez installée, plus vite Nora descendra en pression. Jamais vu une pile pareille ! Et une telle exigence ! Remarquez, elle a raison. Je suis retourné à la boutique et sincèrement, il faudra une place gigantesque pour faire tout tenir. D'autant que vos parents m'ont parlé d'une banque d'accueil. Tiens ! Pendant que j'y pense. Le brocanteur qui fournit Gaspard est en train de chercher des meubles pour vous équiper. Je lui ai dit que vous auriez ceux de la boutique et les vôtres, mais pas moyen de lui faire entendre raison. Soi-disant qu'il aurait eu une illumination pendant la nuit et qu'il devait aller, je ne sais pas où chercher ce dont vous avez besoin. Une illumination, genre, on lui a parlé pendant la nuit. Non, mais là. Les légendes de Bretagne, je veux bien, mais il y a des limites !

Armande le regarda étrangement.

– J'ai dit un truc bizarre ?

– J'ai vu Marin.

Yvon faillit dire « Il va bien ? » quand il se rappela qu'ils parlaient d'un mort.

– Il m'a disputée parce que je faisais des carabistouilles. Il m'a dit aussi qu'il était heureux de mon avenir, qu'il serait toujours là et que Pontivy était le bon choix. Je sais ce que vous allez penser. Je ne suis pas stupide. Mon cerveau s'est ouvert au pardon. Je me doute que ce n'était pas Marin, mais mon inconscient. Pourtant, cela semblait si vrai.

Aboiement de Poupette. Yvon prit le temps de la réflexion.

– Enfant, ma grand-mère me racontait des histoires de morts venus pour prévenir ou rassurer les vivants. Et puis, il y a l'histoire de Naïa. Vous connaissez ? Elle a bien existé, c'est indéniable. Les faits relatés le sont aussi. Je ne sais que vous dire. Peut-être est-ce votre imagination, peut-être était-ce votre mari. Le fait est qu'il parle de Pontivy et que moi, je ne trouve rien là-bas. Enfin, rien dans vos prix ou en adéquation avec ce que l'on veut.

– Peut-être... Non, rien.

– Dites ! Je prends tout.

– La maison où j'ai trouvé refuge...

– La maison ?

– Là où la gendarmerie m'a trouvée. Je la connaissais. Je ne savais pas que nous étions dans les parages, mais cela fait trois fois que je vais là-bas.

– Racontez-moi.

Elle raconta la découverte avec Guénolé, la disparition de Poupette et enfin son agression.

– Ce n'est pas banal, en effet. Bon, ben, écoutez, au point où j'en suis, je vais me renseigner.

♪

La lumière d'espoir qui s'était allumée dans les yeux d'Armande lui rendit sa motivation. Yvon partit dès le lendemain en quête de la maison. Pour la trouver, il dut faire appel à Guénolé et Phil. Car il s'agissait bien de cela, la trouver. Ils errèrent trois heures avant de mettre enfin la main de dessus.

– À croire qu'elle ne veut pas se laisser attraper ! ronchonna Guénolé.

Les trois hommes entrèrent dans la cour.

– Elle n'a pas l'air habitée, constata Yvon.

– Elle est magnifique, s'extasia Phil. Exactement ce qu'il faut pour Armande.

– Dite donc, toi, tu l'appelles Armande ?

– Oui. Et je ne vois pas où est le problème. Y'a un copyright sur elle ?

– Non, s'amusa Yvon, c'est une espèce rare, donc à protéger.

Phil éclata de rire.

– C'est quand bien ici. Bon, en hiver, ça ne doit pas être la joie, un peu austère, mais en été, c'est superbe.

– Reste à savoir si elle est à vendre.

– Mon cher, Guénolé, si elle n'est pas à vendre, je me fais fort d'obtenir sa cession par le propriétaire ou je ne suis pas un ancien secrétaire d'État.

– Faudra que ce soit dans les prix d'Armande, prévint Guénolé.

– Alors, là, ce sera de la rigolade.

Les deux gendarmes haussèrent les sourcils.

– Fenêtres cassées, volets en partie arrachés, je dirais qu'il y a des travaux en perspective. De quoi faire baisser le prix.

– Ou l'augmenter : les travaux, ce n'est pas gratuit.

– Alors, là, j'en fais mon affaire !

– En attendant, faut trouver le propriétaire.

– Exact. Messieurs, il est temps d'aller visiter le cadastre de Pontivy !

Le cadastre révéla à Yvon que le propriétaire s'appelait Matthieu Dunoix, que ce dernier habitait Lausanne. Le contacter fut un jeu d'enfant, lui parler de la maison un peu plus délicat dans la mesure où il ne se rappelait pas être en possession d'une demeure en Bretagne.

– Vous comprenez, j'ai hérité d'une arrière-grand-tante. J'ai dû y aller une fois. La Bretagne, c'est trop humide pour moi.

L'intérêt soudain d'un étranger pour un bien qu'il connaissait peu attisa sa curiosité et il proposa à Yvon de le rencontrer fin août là-bas. L'ancien secrétaire d'État ne parla de sa découverte qu'à Nora, ne voulant pas créer de faux espoirs chez Armande.

– Ce serait un comble qu'il veuille la garder alors qu'il ne s'en occupe pas.

– Ma crainte est qu'il gonfle démesurément le prix, avoua Yvon.

Crainte justifiée quand ils visitèrent la maison.

– Elle est faite pour Armande, avait murmuré Nora en admirant la bâtisse.

Mais le propriétaire ne l'entendait pas de cette oreille.

– Vous savez, c'est un bien de famille...

– Il y a des travaux...

– Oui, sans doute, mais...

– Combien ? le coupa Nora.

Pris au dépourvu, il ne sut que répondre.

– On peut entrer pour voir ? demanda doucement Yvon.

Ils n'eurent pas besoin de clé, que personne n'avait du reste, la porte s'ouvrant à la première poussée. Une vaste pièce s'offrit à leurs yeux. Au centre trônait une monumentale cheminée ouverte sur les deux côtés et permettant de chauffer la pièce entière. Son manteau portait une inscription, en partie effacée. Le sol était fait de tommettes abîmées par le temps et par les pillages. Car il y en eut. Des trous béaient au sol et sur les murs.

– Alors, là, je ne comprends pas, gémit le propriétaire.

– Nous non plus, mais apparemment on a cherché quelque chose.

Ils allèrent à l'étage, même constat : les murs avaient été forés.

– Ben dites donc, ils ont insisté.

La même chose se présenta à eux au deuxième étage.

– Vous expliquez ça comment ?

Le propriétaire haussa les épaules. Nora constata que les murs, nonobstant les trous, étaient en parfait état, d'une large épaisseur et en pierre de taille.

– De quand date la bâtisse ?

– Je l'ignore. Je ne connaissais pas cette branche de la famille avant d'hériter.

Ils se rendirent à la grange qui avait connu les mêmes fouilles que le bâtiment principal. Seul l'étage avec le foin avait été épargné.

– C'est vraiment un bel espace. Armande y sera bien. Donc quel est votre prix ?

Le ton de voix était sec et décidé.

– Je me permets de rappeler, fit la voix suave d'Yvon, que le bâtiment est abandonné depuis des lustres, sans doute déjà du temps de votre arrière-grand-tante ; qu'il y a des travaux conséquents.

Il se retint d'ajouter « que vous ne vous intéressez à ce bien que parce que nous nous y intéressons ». Le propriétaire louvoya tellement qu'ils repartirent les mains vides.

– Quel goujat ! jura-t-elle dans la voiture.

Une litanie d'autres insultes en polonais suivit la première.

– Il fallait s'y attendre. Laissons faire le temps, on ne sait jamais. Je vais malgré tout me renseigner sur ce monsieur et sa famille. Être haut placé offre parfois des avantages.

– Peut-être faudrait-il voir aussi avec la banque d'Armande, pour évaluer le prêt.

– Oui, mais cela veut dire qu'on doit l'informer.

Ils demeurèrent silencieux jusqu'à l'arrivée à Rambouillet. Armande les écouta avec attention.

– Je prendrai rendez-vous avec la banque.

Ce fut tout. La banque l'accueillit presque avec le tapis rouge. Marin avait fait trois assurances vie pour sa femme, trois assurances bien remplies. Son salaire et la faiblesse de ses dépenses plurent. Elle sortit, donc, de l'agence bancaire avec une offre maximale.

– Monsieur Dunoix ? Armande Dieumerci. J'aimerais vous rencontrer à propos de votre maison près de Pontivy. Oui. Vous avez rencontré ma patronne et j'aimerais connaître le montant auquel vous vendriez cette maison. Oh. Malheureusement, ce n'est pas dans mes prix. Oui, je comprends, mais c'est trop élevé pour moi. Merci de votre temps.

Elle n'insista pas. Ne chercha pas à négocier, mais fut profondément déçue. Une vraie déchirure en réalité. Poupette, quant à elle, grognait de colère

15

Fin septembre, elle retourna voir Marin dans le Finistère. À peine arrivée au cimetière, le gardien se précipita vers elle.

– Non, non, n'y allez pas ! La mère est là.

Trop tard. Jeanne surgit au détour d'une allée, furieuse.

– C'est impensable ! Une infamie ! Comment est-il possible que cela...

Elle se figea aux côtés de sa fille Bertille, tout aussi remontée, en apercevant Armande.

– Qu'est-ce qu'elle fait là ? cracha-t-elle avec le plus de mépris possible. Sortez d'ici, engeance du Mal ! Vous n'êtes qu'une catin ! Une putain du Diable !

Armande ouvrit la bouche de stupéfaction.

– Inutile de faire celle qui ignore ce qui se passe ! Vous le savez très bien. Dire que je vous ai confié mon petit, mon agneau ! Que de mal avez-vous dû lui faire ! Je le savais ! Dès le début je l'ai su. J'ai bien essayé de le prévenir, de le protéger, mais vous l'avez éloigné exprès ! Paris ! Quel mensonge ! Que de souffrances pour mon Marin ! Vous ne méritez pas de vivre ! Vous avez tué mon fils !

Le visage d'Armande se vidait de toutes ses couleurs à chaque nouvelle insulte. Elle ne comprenait rien, mais rien de rien.

– Une putain, voilà ce que vous êtes ! Bertille, appelle les gendarmes qu'ils la jettent dehors !

Le gardien tenta de calmer l'ire de Jeanne, mais en vain. Au loin, on entendit un grincement de courroie de distribution.

– Arrêtez cette femme ! Elle a tué mon fils ! hurla-t-elle quand elle vit les gendarmes.

Ils regardèrent Armande avec étonnement, puis entreprirent d'apaiser Jeanne afin de comprendre de quoi il retournait.

– Elle l'a tué ! Elle l'a tué !

Discrètement, le gardien s'approcha d'un des officiers pour lui glisser un mot à l'oreille. Ce dernier hocha la tête d'un air entendu et commença à poser des questions. Obtenir des réponses ne fut pas de tout repos, entre une Jeanne hystérique et une Armande totalement fermée.

– Elle a bloqué la chapelle ! hurla soudain Jeanne. La clé ne fonctionne plus !

Le gardien confirma du regard.

– Madame, vous voulez nous accompagner pour débloquer la chapelle ?

Malgré le ton doux, Poupette gronda. Armande, telle une somnambule, les conduisit. Arrivés devant la chapelle, l'un des gendarmes vérifia que rien ne bloquait la serrure, que la clé entrait bien dans le cylindre et actionna l'ouverture et la fermeture. En vain. Il insista. Rien à faire : la porte restait close alors que la clé tournait parfaitement. Les deux gendarmes se tournèrent vers Armande les yeux interrogateurs.

– Je vous jure...

– Espèce de traînée !! Ouvre !! Je dois voir mon fils !!! Il a besoin de moi !!! Il a toujours eu besoin de moi !!!

Sentant venir un geste violent, un des gendarmes s'interposa entre les deux femmes. Poussée par ce dernier, Armande prit appui sur la porte qui s'ouvrit. L'instant de stupéfaction passé, Jeanne, incontrôlable, se mit à éructer.

– Sorcière ! Sorcière !!!

– Bon, Madame, emmenez votre mère, maintenant cela suffit. La grille est juste difficile à ouvrir, il suffira de mettre de la graisse.

Abattue, Armande s'éloigna pour prendre place sur un banc.

– Débile, termina Phil. J'ai déjà vu des toquées, mais là, c'est le pompon, ajouta-t-il quand les deux officiers eurent fait le récit de leur intervention.

À la fois inquiet et intrigué, il prit la direction du cimetière où il trouva une Armande prostrée.

– Je ne comprends pas, répétait-elle comme une litanie, Poupette sur ses genoux.

Une voix aiguë agressa leurs tympans.

– Sors d'ici, engeance du mal ! Fille de Satan ! Putain de Bacchus ! Et vous, que faites-vous là ? Vous la soutenez, hein ? Vous venez faire le Sabbat devant mon fils ! Soyez maudits !

– Oh, eh, on se calme là, hein ! Je ne sais pas ce que vous prenez le matin, mais essayez la camomille pour voir ! Et éloignez-vous de cette porte.

– Dites-lui de l'ouvrir ! éructa Jeanne.

– Armande, allez-y qu'on en finisse avec cette histoire, lui demanda Phil.

– Mais… répondit-elle hésitante.

Il l'encouragea du regard.

- Poussez la porte.

La porte s'ouvrit.

– Eh ben, voilà, c'est ouvert. Ah non, elle se referme, constata-t-il lorsqu'il vit Jeanne s'approcher. Et elle ne se rouvre pas.

Il resta devant la porte, réfléchissant.

– Armande, vous voulez bien recommencer ?

La porte s'ouvrit. Il la referma.

– Madame, vous voulez essayer ?

– Pourquoi ? cracha-t-elle mauvaise.

– Simple vérification.

La porte resta close. Il leur fit refaire trois fois la même chose et obtint trois fois le même résultat. L'arrivée précipitée de Guibert mit un terme à cela. Il eut un geste de recul en voyant Armande.

– Bonjour, murmura-t-il visiblement gêné.

– Guibert ! Fais-la partir !

– Non, elle a le droit d'être là.

S'opposer à Jeanne c'était prendre un risque considérable : une condamnation à l'entendre gémir sempiternellement qu'on a été un mauvais fils, qu'on a renié sa mère, qu'on est maudit etc. Mais Guibert tint bon, tant pis pour la malédiction maternelle, il négocierait directement avec le Bon Dieu la punition de son péché.

- Maman veut enterrer Marin avec papa, débita-t-il à toute vitesse.

Jeanne devint cramoisie.

– Je vois, fit simplement Armande. Faites. Après tout, les bons catholiques que vous êtes ne verront aucun intérêt à briser les dernières volontés d'un mort. Il doit bien y avoir une prière pour effacer ce péché.

Phil sourit franchement.

– Ouais, ben, je comprends pourquoi la porte s'ouvre sur vous et se ferme devant elle, murmura-t-il quand les Dieumerci quittèrent bouleversés les lieux. Je vous laisse avec lui ? Ça va aller ?

♪

Elle le remercia et entra. L'hébétude passée, restait un abrutissement de l'esprit face à autant de déraison. Elle s'assit le dos appuyé contre la tombe de Pétronille, Poupette contre elle. Une odeur de tabac se répandit.

– Jeanne est une emmerdeuse. Elle l'a toujours été. Même une fois morte, elle emmerdera le Bon Dieu.

Il prit une bouffée de tabac.

– Elle ne va pas toucher à Marin. Vous avez dit ce qu'il fallait. Jeanne est une bigote comme on n'en fait plus et Dieu merci !

Le vieil homme rit de sa blague.

– Elle a été élevée dans un amour de la religion qui frise le fanatisme et l'obscurantisme. Quand elle a épousé Guénaël, Pétronille savait ce qui allait arriver. Les Dieumerci sont des bosseurs. Les Maisondieu des missionnaires au service des autres. La famille de Jeanne est attachée à une tradition ancestrale sortie d'on ne sait où, mais qu'ils défendent viscéralement. Un peu comme s'ils étaient les protecteurs des Temps Révolus et que leur action protégeait le monde. Ils ne sont pas méchants, mais l'intelligence et la raison ne sont pas leur fort. La grand-mère de Jeanne est tombée dans la bigoterie parce que son mari était un coureur né. Elle a marié ses fils à plus bigot qu'elle. Les parents de Jeanne sont le summum.

Armande se laissa bercer par les mots.

– Vous êtes celle que Pétronille attendait. Je sais que vous voulez tout laisser tomber : la Bretagne, l'herboristerie, la maison. Mais vous ne le ferez pas. Vous ne pouvez pas.

Il s'arrêta et soutint le regard qu'elle posa sur lui.

– En l'an 1191, Saint Jean d'Acre fut prise après deux ans de siège par les Croisés. La violence fut telle que peu en réchappèrent. Un soldat de Dieu prit sous sa protection un humble commerçant. Un potier. Au fil des mois se noua une amitié allant bien au-delà de l'explicable. Avant de partir, ayant deviné la Foi profonde de cet homme, Ismaël lui confia une boîte. « Il faut la mettre à l'abri de la cupidité des hommes ». Le Croisé ne posa aucune question. Il repartit de Terre Sainte, épuisé par les combats et détenteur d'une mission que nul ne pouvait mener à part lui. Franc-Comtois d'origine, il prit la direction de la Bretagne. Du Morbihan actuel. Accompagné de quatre fidèles compagnons, il commença l'édification d'une Commanderie, censée protéger et soigner. Une fois construite, il ouvrit la boîte confiée par Ismaël et découvrit les Clous du Supplice. Tombant à terre, il promit que sa lignée serait désormais la protectrice des instruments de la Passion et que nul ne mettrait jamais la main sur eux.

Il s'arrêta pour fumer. Armande attendait paisiblement la suite.

– Ce soldat, devenu chevalier par les armes, s'appelait Rohan Du Cerfeuil.

Le couperet tomba prenant Armande totalement au dépourvu. Il disparut, alors, aussi silencieusement qu'il était arrivé, la laissant abasourdie et pleine d'interrogations. Quand elle quitta la chapelle, le soleil était déjà haut dans le ciel.

– Ah, vous êtes là ! Je me faisais du souci, s'inquiéta le gardien. Vous savez, je ne vais pas écouter ce qu'elle a dit. Je ne vous empêcherai pas de voir votre mari. Laissez-lui le temps d'accepter tout ça.

Elle lui sourit tristement et quitta le cimetière, l'esprit plongé dans un autre monde. Elle ne dormit pas de la nuit, au contraire de Poupette qui ronfla à perdre haleine. Son esprit cartésien faisait barrage à ce qu'il considérait comme des élucubrations, dignes d'une fiction, parfaitement incompatibles avec la réalité. Pour passer le temps, elle se leva, prit le livre de comptes de sa famille et commença à le feuilleter. Elle s'était convaincue que lire des pages et des pages de chiffres l'aiderait à trouver le sommeil. Constatant son échec, elle enchaîna avec le livre de commandes, tournant indifféremment les pages, s'amusant des noms. Jusqu'à ce qu'apparaisse Melchior Chrétien « Commande de deux vases à Thériaque ; deux pots à Orviétan ». Plus loin, « quatre chevrettes ; six pots canons ». Fébrile, elle tourna les feuillets faisant glisser son doigt sur chaque nom quand elle tomba sur les commandes de Baltazar Chrétien, puis, inévitablement sur celles de Gaspard. La stupeur la rendit muette. Ce n'était plus des coïncidences, c'était bien plus. Son cerveau entreprit d'interpréter les choses pour finir par décréter qu'elle était fatiguée, blessée et qu'un changement de vie devenait nécessaire.

♪

– Bonjour Mine ! Je suis content de te voir !

Marc-Antoine fit sourire Armande en lui donnant son petit surnom.

– Bonjour Antoine. Je suis contente de te voir également.

Marc-Antoine avait été et était toujours le meilleur ouvrier de son grand-père. C'est pour cela qu'il dirigeait l'entreprise et non Armande ou Mathilde. Sa position lui convenait à la perfection, laissant ainsi aux filles Du Cerfeuil la lourde tâche de maintenir leur patrimoine.

– Alors, voilà, tout est là.

Il l'entraîna derrière l'atelier de préparation où ils firent face à un amoncellement de caisses remplies de papiers et autres documents.

– Je me suis rappelé, après avoir lu ton message, que ton grand-père avait laissé des affaires dans l'appentis. Je ne sais pas ce que ça vaut, mais c'est à toi. On a trouvé aussi ce grand tube.

Elle s'approcha, curieuse, et commença à fouiller.

– Sinon, on a eu bien des commandes de Monsieur Chrétien, mais ça fait bien trois ans. D'ailleurs, j'ai appris qu'il arrêtait. Il passe la main. C'est bête. Un homme sympathique et très intelligent. J'aimais bien travailler pour lui parce qu'on faisait de la faïence à l'ancienne. Pour une pharmacie. Comme du temps de ton — il se mit à réfléchir — arrière-arrière-arrière-grand-père.

– Il manque encore un arrière. Pourquoi dis-tu que tu regrettes ? demanda-t-elle soudain, sortant la tête d'une caisse.

– Ben, avec ton grand-père, on aimait bien inventer des pots à pharmacie, avoua-t-il comme un gamin pris la main dans le pot de confiture.

Elle s'arrêta net.

– Vous avez fait des faïences ?

– Oui, oui, mais avec des chutes ! Enfin, avec des restes ! Ça n'a rien coûté, s'alarma-t-il.

– Montre-moi.

Il hésita, puis la conduisit à une arrière-salle de la fabrique. Des étagères s'offrirent à son regard. Les pots étaient d'un blanc lumineux, avec des formes généreuses pour les uns, plus fines pour les autres, de tailles différentes. Elle s'approcha, empoigna chaque pot, les retourna, les soupesa, les caressa, les huma.

– Antoine ! On va ajouter une gamme. Tu vas réfléchir à une adaptation pour cuisine et développer celle-ci.

– Mais...

– Je garde ceux-là. Mais il m'en faudra d'autres, je doute d'avoir assez de ceux de Gaspard.

– Je... De quoi parles-tu ? demanda-t-il perplexe.

– Tu as raison. Gaspard arrête. C'est moi qui reprends sa boutique.

Elle lui laissa le temps de digérer l'information.

– Nom de Dieu !

– Antoine... Saperlipopette, Poupette, veux-tu bien arrêter avec ce tube !

Le chien s'évertuait à retirer le couvercle du tube en carton qu'il traînait depuis l'appentis.

– Dis donc, toi, écoute la patronne.

Il se pencha pour prendre le tube quand le couvercle céda et un grand feuillet apparut.

– Rha lala.

– Attends, lui dit-elle prise d'une inspiration, tandis qu'il repoussait le document dans son écrin. Sors-le.

Il s'exécuta. Le feuillet en question était bien plus large et long qu'ils ne le pensaient.

– Un bon quatre mètres sur six, siffla-t-il.

– On peut le dérouler ?

– Moui, viens. Gustave ! Gustave ! Viens, ici.

Ledit Gustave arriva à bride abattue.

– Monsieur ? Oh, Madame Armande ! Content de vous voir.

– Madame Armande, ça fait tenancière de bordel ! ronchonna Marc-Antoine. Aide-moi, on va dérouler ça.

– Faudrait le dérouler en hauteur, suggéra le jeune apprenti.

Après trente minutes d'organisation, le feuillet, tenu en haut par deux pinces à linge sur un fil tendu et en bas par deux ouvriers, révéla son contenu, qui surprit tout le monde sauf Madame Armande.

– Ben tiens, maugréa-t-elle.

Poupette sautait et aboyait de joie.

– Ben ça, c'est votre arbre généalogique ! Vous voyez, vous êtes tout en bas !

– Mais ! Attendez ! Y'a un deuxième feuillet ! Merde ! Il commence par ton prénom !

Armande prit une grande inspiration, puis ouvrit les yeux. Elle plaça son doigt sur son prénom, puis suivit son ascendance.

– Attendez ! Je vais vous chercher une échelle !

– Une échelle ?

– Ben, oui, la patronne a peut-être le bras long, mais pas à ce point !

Les ouvriers de la faïencerie observèrent, amusés, leur patronne sur l'échelle, le doigt posé sur une ligne qu'ils ne voyaient pas, mais qui l'amena à Rohan Du Cerfeuil, époux de Margaux des Mesnils. Ils la virent baisser la tête.

– Mine ? Ça ne va pas ?

– Si, si, répondit-elle après un temps. Si, si.

Elle resta les yeux rivés sur le nom de Rohan, puis se tourna vers Marc-Antoine.

– Il me faudra peut-être aussi des poêles.

– Euh ?

– Il me faudra des poêles pour chauffer.

– Des poêles comment ?

– Ben des poêles ! En faïence.

– Mais, ce sont les Alsaciens qui les font ! s'exclama Gustave, comme si elle venait de blasphémer.

– Oui, ben, moi, je veux des poêles Du Cerfeuil. On peut en fabriquer ? questionna-t-elle posant le pied au sol.

– Tu me dis la taille et le nombre, et on te fait ça. Enfin, on te proposera un modèle avant.

– On va lancer une nouvelle gamme. Pharmaceutique. Pour naturopathes, kiné, et tous ceux qui aiment la belle faïence. Des reproductions des dessins d'Aristide. Des pots pour mon herboristerie. Plus petits, plus travaillés. On revient à la faïence de départ. On garde la gamme actuelle et on tente celle qui a fait notre succès.

– Ben, merde.

– Quoi ?

– On dirait ton grand-père.

Elle sourit à Antoine.

– Ce n'est pas bien ?

– Si, ma belle. Encore plus si tu deviens notre cliente !

Il raconta rapidement aux autres qu'elle allait reprendre la boutique d'un client ce qui ravit tout le monde, Armande ayant toujours été le porte-bonheur de la fabrique. Ses essais ratés, ses faïences biscornues avaient inspiré son grand-père au point d'imposer la marque Du Cerfeuil comme une valeur sûre.

– Bon, qui s'y colle pour enrouler le feuillet ?

♪

– Pas trop froid ?

Il venait de surgir au milieu de la boutique. Elle avait bien entendu sa courroie de distribution, mais ne s'attendait pas à sa visite.

– Vous n'avez toujours pas commencé les cartons ?

– Le propriétaire ne veut plus vendre. Ou plutôt, il augmente le prix à chaque appel.

– Les Maisondieu n'arrivent pas à le convaincre ?

Armande ne prêta pas attention au fait qu'il mentionnât les Maisondieu alors qu'elle était la seule à savoir qu'ils tentaient d'intercéder en sa faveur.

– Je leur ai dit que c'était inutile, mais ils s'obstinent.

– Combien demande-t-il ?

– Au départ, c'était quatre cent mille, maintenant c'est six cent mille.

– Jolie somme pour un trou perdu. Vous n'avez pas assez ?

La question était indiscrète, mais, n'ayant jamais éprouvé le moindre intérêt pour les choses de l'argent, Armande répondit sans hésitation. Sa mère et elle s'étaient contentées de peu pendant si longtemps qu'elle ne perdait pas son temps à courir après le superflu. L'essentiel était bien suffisant.

– Votre appartement vaut si peu ?

– Je ne l'ai pas mis dans la balance.

– Vous avez encore peur. Je comprends. Vous devriez répondre.

Elle entendit la sonnerie bien après son conseil.

– Armande, Dieu merci, tu décroches ! S'il te plaît, ne raccroche pas. Je sais que tu es en colère après les Dieumerci, mais j'ai besoin de toi. Nous avons dans mon service une petite de neuf mois. Elle a été abandonnée par ses parents à la naissance. Depuis neuf mois, elle est à l'hôpital, car elle pleure en continu. Tout le temps.

Quand elle s'arrête, c'est pour quelques heures. Elle dort à peine, refuse toute nourriture ; nous sommes obligés de la nourrir par perfusion. La médecine est impuissante, je me suis dit que l'héritière de l'âme des Celtes pourrait nous aider. Est- ce que tu pourrais venir ? S'il te plaît. Cette petite crie de détresse, les infirmières culpabilisent, je culpabilise. S'il te plaît.

Le ton de Carole était humble, trop humble pour qu'elle refusât.

– Je suppose que c'est ce que je devais répondre, grommela-t-elle en le regardant.

– Il y avait une famille qui avait quatre filles, commença-t-il à raconter pendant qu'elle préparait son sac « de druide ». La première, Hermeline, recevant l'appel de Dieu, entra au Carmel ; la seconde Xavière mourut de la grippe espagnole dans un hôpital de campagne ; la troisième, Victoire était née aveugle. Mais pas n'importe quelle cécité, celle des yeux laiteux. Celle qui effraie. Elle fit pitié aux soignants, mais fut la joie de ses parents parce qu'elle avait le don. Don qu'elle partagea avec sa cadette. Toutes deux se marièrent et eurent une belle lignée. Victoire épousa un Jhenri et eut quatre enfants qui eurent des enfants. L'aîné partit en mer et on ne le revit jamais. Sa mère ne le pleura pas. Pour elle, il était en Polynésie et construisait sa propre lignée. Le second reprit la ferme ; le troisième devint notaire et le dernier entra dans l'armée. Il mourut en Indochine. La cadette de Victoire, Pétronille, eut douze enfants.

Armande sursauta.

– Victoire sentait les choses, éclairait le présent par le passé. Pétronille utilisait le passé pour aider le présent. Victoire a vu en vous Rohan Du Cerfeuil et la réalisation de la légende de Siméon. Vous allez redonner vie à l'espoir. Vous allez poursuivre la mission des Du Cerfeuil. Nul ne doit trouver les Clous. J'ignore où Rohan les a cachés, vous seule les verrez, vous seule les garderez.

– Qui êtes-vous ?

– Un ami. Un ami de Victoire et Pétronille. Vous devriez y aller. Votre belle-sœur va s'impatienter.

♪

– Dieu merci te voilà !

Le cri sincère sortait du cœur.

– Poupette n'est pas avec toi ?

– Elle est restée dans la voiture, les animaux ne sont pas admis.

– Oui, c'est vrai, je suis bête. Viens.

Carole l'accompagna jusqu'au service des enfants.

– On a dû l'isoler, car ses pleurs effraient les plus petits.

Plus on se rapprochait de la chambre, plus les infirmières semblaient préoccupées, avaient les traits tirés et les cernes noirs. Au centre de la pièce trônait un berceau d'où s'échappaient des appels de détresse à vriller les nerfs les plus solides. Armande s'approcha.

– Il faut que je te dise, elle a un handicap.

Armande se demanda bien lequel, la petite fille ne présentant aucun défaut physique.

– Les parents sont Polynésiens. Quand ils ont vu leur fille, ils l'ont proposée à l'adoption. Comme ça d'un coup. Ça nous a surpris, mais on ne pouvait aller contre.

Armande se pencha au-dessus du berceau.

– Attention ! murmura une infirmière.

Armande ne comprit que lorsque l'enfant ouvrit les yeux. Elle eut un geste de recul devant les deux globes blanc laiteux qui la fixaient.

– Ce n'est pas vrai ! C'est un cauchemar. Je vais me réveiller.

Carole la vit marmonner sans comprendre ce qu'elle disait. L'assistance la vit prendre une longue respiration, baisser la tête, puis s'approcher du berceau.

– Très bien, Victoire, vous avez gagné.

Devant les yeux ébaubis des infirmières, de Carole, de l'assistante sociale, Armande prit la petite, la colla contre sa poitrine et commença à la cajoler. Dans les minutes qui suivirent, les pleurs cessèrent. On entendit juste un grognement.

– À mon avis, elle a faim.

Une infirmière partit pour revenir avec un biberon que la petite refusa de boire. La voix claire d'Armande rompit le silence pesant qui s'était installé.

– Carole, prends les clés de ma voiture dans la poche gauche. Je pense savoir ce qu'il lui faut.

L'équipe médicale se scinda en deux voitures et suivit Armande jusqu'à la Commanderie. Arrivées au hameau des Croisés, l'équipage fut sidéré.

– Dites donc, c'est la classe, ici, s'exclama épatée l'infirmière.

– Je vais chercher du lait, je reviens.

– Tu vas… ? s'étonna Carole le bébé dans les bras.

– On vient aussi.

Les trois femmes suivirent Armande, contournèrent la Commanderie, marchèrent à travers un pré en direction d'un autre pré où paissait tranquillement une vache.

– Mais… Elle est toute seule ?

Armande se faufila entre les barbelés.

– Bonjour, ma belle, veux-tu me donner du lait ?

La vache s'approcha lentement, mit son museau dans sa poitrine, accepta quelques caresses et se laissa faire. Quand elles revinrent à la Commanderie, Guénolé et Phil allaient d'un bâtiment à l'autre.

– Punaise ! jura le gendarme, tu nous as fichu la frousse ! On a vu ta voiture, je me suis rappelé ton agression…

– Ah lala, les Bretons, se moqua Phil. Moi, je n'ai pas eu peur. Dans le Nord, on n'a jamais peur.

– Pff.

Phil se précipita pour prendre le seau de lait des mains d'Armande.

Cette dernière prit tout ce dont elle avait besoin dans sa voiture, se dirigea vers le bâtiment principal et, se retournant, demanda à Guénolé de lui trouver de quoi allumer un feu. Ce dernier revint avec des brindilles et du bois pour maintenir un foyer. L'assistance la vit s'installer dans la cheminée, lancer son feu, placer par-dessus un trépied sur lequel elle posa une marmite. Dans celle-ci, elle versa le lait frais et se mit à tourner.

– Je vais commencer à croire aux légendes bretonnes, fit un Phil admiratif. Si c'était un chaudron et si vous étiez vieille avec un furoncle sur le nez…

Armande éclata de rire.

– Si vous voulez, je peux marmonner des incantations.

– Ah, oui, ce serait une bonne idée.

– N'empêche que c'est bien beau ici, remarqua l'infirmière.

Elle n'était pas la seule à laisser courir son regard partout. L'enfant semblait suivre chaque geste d'Armande.

– Oh, putain ! s'écria Phil quelque peu effrayé.

– Ce n'est rien, le rassura Armande, une simple cécité.

Le silence se fit, chacun se concentrant sur ses gestes.

– Allez, on va dehors pour faire refroidir le lait.

Elle demanda à Phil de remplir la cuvette d'eau, ce que ce dernier, trop heureux de faire oublier sa maladresse, s'empressa de faire. Guénolé, pendant ce temps, était allé chercher trois bottes de foin pour que tout le monde puisse s'asseoir. Armande goûta le lait, y ajouta du miel et remplit un biberon qu'elle présenta à la petite.

– Mademoiselle, il est temps de manger.

Le personnel soignant grimaça, attendant les hurlements habituels. Mais rien ne vint. La petite accepta la tétine et avala goulûment la boisson tiède sous le regard stupéfait des soignantes.

– Alors, là, murmura l'infirmière qui prépara un deuxième biberon, quand elle s'aperçut que la petite en réclamait un autre.

Il fut avalé avec le même plaisir, exprimé par un rot magistral. La petite resta un instant à gazouiller dans les bras d'Armande avant de s'y endormir. Guénolé réagit alors très vite : il improvisa un couffin avec de la paille et des couvertures dans lequel la petite dormit comme une bienheureuse, Poupette ronflant à ses côtés. Des larmes montèrent aux yeux de l'infirmière.

– Ne faites pas attention, ce sont les nerfs. Ça fait neuf mois qu'on essaie d'obtenir ça, en vain.

– Ça, c'est comme la porte de la chapelle. Rien ne résiste à Armande.

Pour détendre l'atmosphère, il entreprit de raconter, sans citer de nom, cette mésaventure.

– Bon, je vais faire du chocolat chaud, on ne va pas laisser perdre ce lait.

Elle revint avec une caisse de faïence et une boîte de chocolat en poudre.

– Désolée pour le contenant, mais c'est tout ce que j'ai dans mon coffre.

Chacun hérita d'un pot à pharmacie de taille modeste.

– Je bois dans quoi ? interrogea amusé Phil.

– Dans un pot à onguent pour soigner les hémorroïdes.

– Euh.

– Non, je rigole. On met ce qu'on veut dans un pot à onguent, ce n'est pas forcément pour les hémorroïdes. Antoine a fait un essai et je les ai emmenés pour voir si c'était pratique ou pas.

Percevant les interrogations dans les yeux de ses interlocuteurs, elle raconta la fabrique, la nouvelle gamme. Elle fut interrompue par l'arrivée inopinée de la vache.

– Mais…

Le bovidé avait forcé les barbelés et se présentait dans ce qu'il considérait être sa nouvelle maison. Elle resta tranquillement au milieu de la cour jusqu'à ce qu'Armande l'appelle.

– Guénolé, je crois qu'elle voudrait du foin. Voyons voir, ma belle, ce que je peux faire pour toi.

Les flancs de l'animal étaient striés d'éraflures plus ou moins profondes. Armande, au toucher, devina d'anciennes cicatrices.

– Dis donc toi, tu es une warrior, on dirait. Allez, viens par là et surtout ne bouge pas.

Elle alla à sa voiture et se mit à fouiller dans le coffre. Munie de teinture de souci, elle entreprit de soigner le bovin. Une fois cela fait, elle rejoignit ses hôtes.

– Bon, je ne vais pas y aller par quatre chemins, débuta l'assistante sociale. Cette enfant a été abandonnée et ce depuis neuf mois. Nous n'avons trouvé aucune famille pouvant la calmer. Pourtant, il y a eu des candidats, mais tous sont revenus sur leur envie d'adoption. Si nous la ramenons avec nous, elle va de nouveau pleurer et cesser de s'alimenter. Pourriez-vous la prendre avec vous en attendant que nous trouvions une solution ?

Armande regarda tour à tour les trois femmes.

– Nous avons discuté pendant que tu t'occupais de la vache. Il est des évidences qu'on ne peut nier. Je sais que Marin et toi ne souhaitiez pas d'enfant, mais cette petite est bien avec toi. Nous avons tout essayé. Nous avons reçu les meilleurs parents du monde, les meilleures mamans, les meilleurs papas, sans succès. Tu l'as prise dans tes bras, elle n'a rien dit et a cessé de pleurer. Tu lui donnes un biberon, elle le boit ; nous,

nous devons passer par une sonde. Nous te demandons juste un essai. Pour être sûres avant…

Elle ne termina pas sa phrase.

– C'est légal ?

– Oui, ben, aux grands maux, les grands remèdes, s'enflamma l'infirmière. Vous n'allez pas vous enfuir ni lui faire de mal sinon ce serait déjà fait. Vous pouviez mettre quelque chose dans son lait et vous n'avez mis que du miel. Donc, j'ai confiance.

Armande lui sourit.

– Très bien, je la garde avec moi, le temps nécessaire. Comment s'appelle-t-elle ?

– Eh bien, elle est née le jour de la saint Paulin, donc on l'a appelée Pauline. Mais, je ne suis pas sûre que cela lui plaise, en fait.

– Si mon mari avait voulu un enfant, il aurait voulu une fille. Et moi, une petite Hortense.

Aboiement de contentement et yeux ouverts de la petite qui tendait les bras.

– Très bien, Mademoiselle Hortense, je vais vous prendre dans mes bras, mais pas de carabistouilles.

L'image d'Armande prenant le bébé avec une vraie douceur émut les trois femmes qui prirent congé.

- Vous gardez la petite, c'est sympa, mais elles ont pas dit combien de temps, commenta Phil.

- Mon vieux, j'y connais pas grand-chose, mais à mon avis, ça va être pour la vie.

Armande souriait à la petite Hortense tandis que Poupette était en grand conversation avec la vache. Un freinage strident annonça une arrivée inopinée : le brocanteur.

– Ah, la voilà ! Comment va, mon herboriste préférée ? Mais dites-moi, en voilà un beau bébé. Un peu maigrichon, si vous voulez mon avis.

- Trop de la balle !!! Fantastique ! Un don du ciel ! s'époumona Phil.

- Mais bien sûr…

- Guénolé ! C'est un tub !!!!! Un tub !!!!

- Oui, jeune homme et alors ? s'enquit le brocanteur amusé.

- C'est ce qu'il vous faut ! s'enthousiasma-t-il en regardant Armande. Pour sillonner le coin ! Livres et herbes !

Guénolé et son amie se regardèrent, cherchant à savoir si l'autre avait compris.

– Que voulez-vous qu'elle fasse de mon tub ?

– Mais une librairie herboristerie ambulante !!!

Les trois auditeurs ouvrirent la bouche de stupéfaction.

– Brillante idée, si je puis me permettre. Gaspard en a un à retaper.

- Et moi, je vous le retape !!! J'adore !!!!

Phil était ingérable : il sautait partout, courait d'un bout à l'autre du tub suivi d'une Poupette en grande forme elle aussi.

- Dites, c'est quand que vous déménagez ? questionna soudainement le brocanteur. Parce que moi, j'ai vos meubles ! Du Henri II ! Ma belle, vous allez posséder une maison de noble !

– Je vais appeler la vache Mabelle !

– Bien sûr...

– Pardon. Vous disiez, des meubles ?

– Pour sûr. Buffets, bureau, fauteuils, table, table de nuit. Tout ! De quoi équiper une partie du bâtiment. Après, c'est sûr faudra taper dans d'autres styles. Mais c'est un bon début.

– Le seul problème est que le propriétaire ne veut pas vendre. Enfin, si, mais à un prix exorbitant.

– Du genre ?

– Du genre six cent mille.

– Vous déconnez ?

– Non.

– Eh, ben, il ne se mouche pas du coude celui-là ! Et pourquoi si cher ?

– Pour le profit.

– C'est comment de dedans ? Je peux voir ?

– Je vous en prie.

– Eh ben, c'est un sacré salaud. Y' a des trous partout !

– On pense qu'il fut une époque où on a cherché un trésor ici.

– Trésor de qui ?

– C'est une Commanderie de Croisés.

– Des Templiers ?

– Non, des Croisés revenus de Saint-Jean d'Acre après le siège de 1191.

– Je vois. Encore une légende qui a mal tourné. Et vous n'avez pas de moyens de pression ?

– Aucun.

– Connerie que tout cela. Enfin, moi, je garde vos meubles. Pas question qu'ils aillent à quelqu'un d'autre. Je suis sûr qu'on trouvera une solution. Et le tub de Gaspard, vous le prenez ?

– Pardi, oui ! s'exclama Phil.

16

Armande revint à Rambouillet avec une petite Hortense et les services sociaux. Ces derniers, légende de Bretagne ou pas, entendaient mener à bien leur enquête pour légitimer la prise en charge de la petite et envisager une demande d'adoption dont personne n'avait osé parler, mais qui relevait de la suite logique. Même si l'agrément temporaire avait été, au vu des circonstances, quelque peu escamoté, elle n'échapperait pas aux visites ni aux entretiens avec des assistants des services sociaux, des psychologues et encore moins au passage devant les tribunaux afin d'expliquer son projet. Projet que pour l'instant seuls les services sociaux avaient en tête. Nora haussa à peine un sourcil en découvrant le couffin installé derrière le bureau de son assistante.

Elle répondit, en revanche, sèchement à Bruno, quand celui-ci mit en avant une inégalité de traitement entre les secrétaires. Il révisa, cependant, son jugement quand il apprit que la petite Hortense était aveugle avec des yeux blancs.

– C'est sûr qu'aucune nourrice ni crèche n'en voudra, lui dit-on.

Peut-être. En attendant, elle trônait dans son couffin, attentive au moindre son, aux moindres odeurs, babillant avec Poupette.

– C'est moi ou Poupette lui parle ?

– Oui, c'est cela, elles discutent.

– Ah oui. Dieumerci, j'ignore dans quoi vous vous êtes fourrée, mais je sens qu'on va en faire les frais.

Armande sourit, se posant la même question. Mathilde, elle, n'en posa aucune. Sa fille lui présenta Hortense en fin de semaine avec une lueur amusée dans le regard. « Ben, merde alors », lâcha tout de même son beau-père. « Tu ne fais pas dans le banal ». Mathilde et son mari apprivoisèrent l'enfant qui s'inquiéta au départ de tous ces nouveaux bruits, puis, guidée par les explications de sa « maman », se rassura et accepta d'être portée par ses futurs grands-parents. Ils étaient très fiers. Fiers de l'engagement de leur fille et fiers de ce petit bout qu'ils avaient déjà adopté. Marc-Antoine, quant à lui, fut tout déboussolé quand il découvrit le bébé dans les bras de Mine. Elle était venue à la faïencerie pour récupérer des cartons récemment découverts et prendre connaissance des premiers croquis pour la nouvelle gamme.

Dans lesdits cartons, Armande trouva une pépite de taille : Aristide Du Cerfeuil et ses descendants étaient propriétaires d'un terrain dans le Morbihan.

– Nous avons peut-être enfin la solution à notre problème ! s'emballa Yvon Lescort-Poërt.

– Je ne vois pas en quoi cela va aider Dieumerci, s'opposa Nora dubitative.

– Ma douce amie, sachez que sur un terrain, on peut construire une maison.

– Prenez-moi pour une bille ! Sauf qu'il y a terrain et terrain.

– Dieu merci, Armande est plus enthousiaste que vous !

– Enthousiaste ?

– Oui, bon, disons qu'elle envisage les choses plus positivement.

Nora sourit et poursuivit sa lecture. Yvon n'avait pas tort, Armande voyait la situation sous un angle positif grâce à son beau-père qui lui démontra que construire une maison neuve n'était guère plus onéreux, voire sans doute moins, que de rénover une bâtisse du Moyen-Âge.

Encouragée par ses proches, intriguée par ce terrain dont sa maman ignorait jusqu'à l'existence et n'ayant rien à perdre, elle contacta, après de nombreuses recherches, l'étude notariale qui avait racheté celle qui avait signé l'acte. Toute autre personne qu'Armande aurait perdu patience, car la réponse tarda à venir. Mais pas elle. De toute façon, il lui aurait été difficile de s'impatienter dans la mesure où Nora venait d'accepter la requête de deux sénateurs, multipliant sa charge de travail. Sans oublier les services sociaux et la justice qui se rappelaient régulièrement à son bon souvenir. Elle était tellement occupée que l'appel de Maître Grosjean, notaire de Quimperlé, la prit par surprise.

♪

– Savez-vous que cette histoire est fascinante, lui disait-il la conduisant sur les lieux lui-même. Le terrain appartient aux Du Cerfeuil depuis des lustres !

Maître Grosjean était un homme replet, jovial et passionné d'arbres généalogiques. Quand il avait mis la main sur le contrat, enfoui dans les archives dignes des abysses, il s'était mis en tête d'aller voir le lieu et après l'avoir vu, il avait décidé de remonter le temps afin d'être sûr de ce qu'il venait de comprendre.

– Amaury Du Cerfeuil est le propriétaire qui a signé ce titre de propriété. Nous sommes en 1633. Le siège de La Rochelle vient de se terminer Rentrant chez lui, il convoqua un notaire et sépara la maison construite et le terrain. Ne me demandez pas pourquoi, je n'en sais fichtre rien. Il n'en demeura pas moins qu'il n'avait pas claironné sa décision. Quand il mourut subitement en tombant dans les escaliers, son héritier trop jeune vit ses droits spoliés par un cousin éloigné. Si vous voulez mon avis, on l'a aidé à tomber. Depuis, la maison s'est transmise à la famille des premiers spoliateurs, puis a été revendue, enfin bref, la vie habituelle d'un bien immobilier, alors que le terrain par un mystère qui m'échappe est resté aux Du Cerfeuil. Ces derniers ayant toujours refusé de le vendre aux multiples solliciteurs qui se sont présentés.

Au fil du temps, la bâtisse ayant été abandonnée, définitivement sous Louis XV, les demandes d'achats du terrain ont cessé par la même. Ce qui est étonnant, également, est que votre famille n'ait jamais exigé de loyer, ce qui était son droit. Ah, nous y sommes.

Armande prit le temps de regarder autour d'elle quand elle se rendit compte de l'endroit où ils se trouvaient.

– Ce n'est pas possible, soupira-t-elle de colère, j'ai la poisse.

– Comment ça ?

– Là ! Cette maison ! On est au hameau des Croisés ! C'est mon aïeul qui a fondé la Commanderie !

– Mais c'est formidable ! Vous connaissez l'histoire alors ? !

Elle enfonça ses mains dans ses poches et se renferma.

– Madame Dieumerci, si j'ai fait ou dit quelque chose qui vous a heurtée...

Elle le regarda les yeux embués.

– Ce n'est pas vous. C'est cette maison. Cela fait des semaines que j'essaie de l'acheter.

– Mais pourquoi voulez-vous l'acheter ? s'étonna le notaire.

– Je m'y sens bien. Je voulais y installer mon herboristerie, la librairie ; je voulais élever Hortense en étant près de Marin.

Il vit les larmes couler.

– Je... Mais à qui voulez-vous acheter cette bâtisse ?

– Au propriétaire, répondit-elle en reniflant.

– Madame Dieumerci, je crains de ne pas saisir.

– Le propriétaire fait monter le prix à chaque fois que je me renseigne. Même les Maisondieu n'ont pas réussi à le convaincre de me céder la maison.

– Les Maisondieu ?

– Oui, la grand-mère de mon mari. Il est un Dieumerci des Maisondieu.

– Victoire Maisondieu ?

Elle le fixa soudainement attentive.

– Non, Pétronille. Vous connaissez les Maisondieu ?

– Victoire, oui. Elle est enterrée à Quimperlé et mon père s'est occupé de la succession.

Armande sourit de lassitude.

– Mais, vous me parlez d'un propriétaire ?

– Oui, Monsieur Dunoix.

– Il ne veut pas vendre ?

– Si. Six cent mille euros.

– Ah, oui, quand même.

Il fit le tour du domaine en sa compagnie.

– Bon, ça ne vaut pas le prix, c'est une évidence. Pas d'eau, pas d'électricité, de chauffage, de pièces, de fenêtres à l'étage. Votre gars rêve. Vous savez s'il y a d'autres acheteurs potentiels ?

– Aucune idée.

Ils sortirent.

– Vous voyez, Madame Dieumerci, j'aime mon métier, mais aujourd'hui encore plus que les autres jours. Votre terrain comprend tout : l'espace où se trouvent les bâtiments, le pré, là à gauche et celui qui est derrière. Votre seule contrainte est d'obtenir un permis de construire si les bâtiments ne vous suffisent pas et que vous voulez agrandir votre domaine.

Elle le regarda sans comprendre.

– Vous êtes propriétaire du tout, Madame Du Cerfeuil. C'est ça qu'il a fait Amaury. Il vous a rendue propriétaire du tout. Même si je me demande comment en 1633, il aurait pu connaître la loi d'aujourd'hui. Je dirais que vous êtes chanceuse !

– Je suis désolée, mais je ne comprends pas.

– La propriété du sol l'emporte sur la propriété du bâti, article 552 du Code Civil. Selon la loi, la bâtisse étant sur votre terrain, vous en êtes la légitime propriétaire. Même si cela date de Napoléon, votre Monsieur Dunoix essaie de vous vendre quelque chose qui vous appartient de fait.

– Je...

– Oui, affirma-t-il avec un sourire de vainqueur. Non seulement parce que le fondateur est un Du Cerfeuil et que vous êtes une Du Cerfeuil, en droite ligne s'il vous plaît, mais encore parce qu'Amaury a protégé son héritage ! C'est dingue !

Armande était traversée par la colère, la joie, la culpabilité, le soulagement.

– Bien évidemment, j'imagine que ce monsieur va défendre ce qu'il considère être comme son bien. La procédure va durer un peu, mais à terme, il devra renoncer.

– Et si je paie ?

– Payer ? Que voulez-vous payer ?

– La maison.

– Madame Dieumerci, commença-t-il doucement, cette maison est à vous, à votre famille. Vous n'allez quand même pas la payer ! Sans compter tous les travaux et le fait qu'elle vous a été volée ! Non. Hors de question que je vous laisse éprouver la moindre compassion à l'encontre de ce monsieur. Laissez-moi m'en charger. Cette maison est vôtre et elle le sera, foi de Grosjean !

Elle tenta de l'amadouer, de négocier, mais il tint bon, l'obligeant à céder. Armande avait la désagréable impression de voler Dunoix. Impression que Nora qualifia de « ridicule, de stupide, de judéo-chrétien et ça se trouve, il est issu de la famille qui a spolié la vôtre ». Avant de quitter Quimperlé, elle rendit une visite à Victoire au cimetière.

– Vous saviez tout cela, n'est-ce pas ? disait-elle à la tombe. Vous saviez que votre fils n'était pas mort, qu'il était en Polynésie, que je finirais par accueillir Hortense. C'était écrit ou est-ce une légende de Bretagne ?

Victoire ne lui répondit pas, mais le vent se leva soulevant une branche qui attira le regard d'Armande. Machinalement, elle la suivit des yeux, puis du corps tout entier : elle venait de tomber sur une chapelle d'un style ancien. Seigneurial.

– Elle est belle, hein ? fit une voix derrière elle qu'elle reconnut entre mille. C'est la tombe du seigneur Du Cerfeuil. Une chic famille. Ils ont transformé la Commanderie en léproserie puis en hôpital pour les pauvres. On y soignait, nourrissait tous les oubliés, les errants. Faut dire que son épouse était une Maisondieu. Et chez les Maisondieu, les filles sont des guérisseuses.

Il souriait devant son air stupide.

– Hortense.

Elle le fixait toujours de ses yeux ahuris.

– Hortense Maisondieu. Sa femme. Votre notaire a raison. Il a été poussé dans les escaliers pour voler son domaine. Sa femme l'avait prévenu du danger.

– Laissez-moi deviner, finit-elle par articuler, elle était aveugle.

– Deux yeux d'un blanc pur.

– Je vois.

– La légende doit s'accomplir Armande, que vous le vouliez ou non. Il ne tient qu'à vous de poursuivre la tâche de Victoire et Pétronille.

Quand elle se retourna, il n'était plus là.

– Maître Grosjean ? Faites ce qui vous semble juste. Je veux récupérer la Commanderie des Du Cerfeuil.

♪

– Cette fois-ci, Marc-Antoine, il me faut une gamme adaptée à mon herboristerie et à mon quotidien. La maison est vide, entièrement vide. Une grande partie de ma vaisselle ne conviendra pas au style de la Commanderie. Il me faudrait quelque chose qui rappelle le Moyen Âge, comme des pots en étain, mais en faïence. Il me faudra au moins quatre poêles.

– Eh ben.

– Quoi ?

– Rien. On dirait ton grand-père.

Elle l'embrassa sur la joue. Gustave travailla avec Mathilde et Kévin à la conception de cette gamme moyenâgeuse. Ce fut un vrai plaisir, encore plus quand les premiers essais sortirent des fours. Très proches du bock de bière allemand, de plus petite taille. Décorés avec des motifs en relief rappelant l'époque des Croisades et des rois de France, ils firent la fierté de la fabrique. Chacun proposa alors une nouvelle forme à développer, un nouveau décor, une autre époque à illustrer, une nouvelle stratégie commerciale. La faïencerie se renouvelait sous l'impulsion de sa patronne.

– Papa avait toujours dit qu'Armande était un chef né, se rappela fièrement Mathilde.

– Ouais, mais en cuisson...

Elle donna une bourrade à Marc-Antoine.

– Dis donc, tu parles de ma fille, là.

En rentrant un soir, elle trouva son mari pensif. Il n'osa pas exprimer le fond de sa pensée, mais elle insista tellement qu'il finit par lui avouer, penaud, qu'il aurait bien aimé tricoter un bonnet pour Hortense.

– Non, mais tu es bête, toi. Évidemment que tu vas tricoter un bonnet à ta petite-fille. Et des pulls et des écharpes !

– Oui, mais Armande ne voudra peut-être pas.

– Tu es ridicule. Elle n'attend que cela. Commence par un bonnet et une écharpe. Ma fille a toujours refusé d'en porter « parce que ça grattait », mais il y a du vent et des tempêtes en Bretagne, il est inutile qu'Hortense attrape un rhume. Même si sa mère saura le soigner.

Fièrement, Jean sortit son tricot d'un carton. Il avait toujours adoré tricoter, mais devant une remarque cinglante de son fils, il avait cessé de pratiquer sa passion afin de ne pas être méprisé par ses enfants parce qu'il avait une « activité de grand-mère ».

Rassuré, il se précipita le lendemain dans le magasin Phildar® pour faire le plein de modèles et de pelotes.

Mathilde éprouva un contentement qui n'avait pas de mots, comme si l'angoisse s'éloignait enfin d'eux. Depuis leur installation dans la maison familiale, ils prenaient les contraintes avec plus de sérénité. La mort de Marin avait créé un véritable séisme sa fille se retrouvant seule, privée de l'homme qu'elle aimait plus que tout. Mathilde voulait qu'elle se libère des murs derrière lesquels elle s'était réfugiée. Elle la savait heureuse avec son mari, mais Armande était restée Armande : solitaire, silencieuse, travailleuse. Elle riait peu, écoutait beaucoup, aidait en silence. Le seul échec de Marin était de ne pas avoir réussi à briser les chaînes retenant sa fille. Elle était toujours prisonnière de son indifférence à tout. Toute chose arrivait parce qu'elle devait arriver, à chacun de faire de son mieux. Hortense allait peut-être changer cela. Hortense et cette Commanderie, propriété des Du Cerfeuil depuis des siècles. À l'annonce de la découverte, elle avait scruté l'arbre généalogique familial et était restée abasourdie devant la méconnaissance de sa famille à propos du terrain, d'autant qu'un terrain signifie des impôts que les Du Cerfeuil ne payèrent jamais. C'est là qu'elle avait découvert la loi qui délivrait de toute taxe un terrain nécessaire au bâti. Une histoire incroyable en somme.

Un matin, elle se souvint d'une phrase de Pétronille « À Dieu ne veuille, l'histoire renaîtra ». Mathilde n'avait rien compris, et même encore maintenant, elle se demandait ce qu'avait voulu dire la vieille dame. Jean avait résumé en disant que « C'était encore un proverbe breton que seuls les Bretons pouvaient comprendre ».

♪

Noël approchait à grands pas et la jeune maman dut rencontrer de nouveaux professionnels de la protection de l'enfance qui tous encensèrent celle qui avait pris en charge une enfant abandonnée.

– Vous savez, en Polynésie les règles sont différentes. Selon la coutume polynésienne, les parents de l'enfant ou d'autres membres de la famille ont deux ans pour changer d'avis. Même si nous officialisons l'adoption plénière, il vous faudra patienter deux ans avant d'être définitivement la maman d'Hortense. Que direz-vous à votre fille quand elle posera des questions ?

– La vérité. Je lui raconterai l'histoire de sa famille et celle des Du Cerfeuil, répondit Armande qui aurait bien voulu ajouter : nos familles sont liées par un passé commun. Amaury Du Cerfeuil a épousé Hortense Maisondieu. Ma fille est une Maisondieu. Elle a le même regard que certaines femmes chez les Maisondieu.

Mais elle se retint, sachant pertinemment que tout le monde n'était pas accro aux légendes. Inutile de perdre un agrément parce que sa famille sortait du commun.

– Quel nom allez-vous lui donner ?

– Hortense Du Cerfeuil.

L'assistante sociale tiqua.

– Ma fille ne peut s'appeler Dieumerci, parce que je ne suis pas une Dieumerci, seulement une épouse. Je ne souhaite pas qu'elle s'appelle Beauregard afin d'éviter les moqueries à l'école.

L'assistante sociale approuva, même si la véritable motivation d'Armande était de couper définitivement les ponts avec la famille de son père.

– Ce sera donc Du Cerfeuil.

– Le juge va se prononcer sous peu, tous les rapports vous concernant sont élogieux et montrent que vous pourrez vous occuper correctement de cette enfant. Il me reste à savoir où vous allez habiter.

– En Bretagne. J'ai des aménagements à faire, mais nous irons là-bas.

♪

Armande passa ses premières fêtes avec celle qu'elle considérait désormais comme sa fille et Poupette. Elle commença ce Noël par lui lire des contes de Bretagne qu'elle avait trouvés dans la librairie de Gaspard. Hortense, suçotant son pouce, Poupette, toutes oreilles ouvertes, écoutèrent avec attention.

Du vivant de son mari, cette période était celle des récits de Pétronille et de cette façon si étrange qu'elle avait de la regarder ; de son insistance à parler du passé, de généalogie ; à dire que toute chose avait une raison d'être, était une partie d'un tout. Armande était une partie des Du Cerfeuil et Hortense le début d'une nouvelle ère. Toutes deux étaient le chaînon manquant de la légende de Siméon. Mue par une inspiration soudaine, elle réserva le gîte de Pont-Aven pour trois jours. Ce qui réjouit la propriétaire parce que « Ça se loue pas mal, mais c'est quand même la période creuse ».

♪

Vêtue d'un bonnet rouge vif, d'une écharpe assortie, Hortense débaula avec sa maman et Poupette à la Commanderie. Elles furent accueillies par Mabelle, le pis gonflé.

– Mais comment fais-tu pour tenir aussi longtemps ? demanda-t-elle au bovin.

– Sans doute parce que les fées et les Korrigans ont soif.

Elle se retourna et le salua.

– Vous avez réparé votre courroie ?

– Non. Comment vous portez-vous ?

– Très bien.

Le sourire radieux sur son visage en était la plus belle preuve.

– Vous êtes chez vous maintenant.

Ce n'était pas une question, juste un fait.

– Saviez-vous que Victoire et Pétronille sont nées dans cette maison ? Oui. Ici. C'était déjà abandonné, mais leur mère a ressenti les douleurs à l'entrée du hameau. Elle a paré au plus pressé.

Armande arrêta son geste.

– Les Maisondieu ont aidé à la construction de la Commanderie, puis leur mission leur a été révélée : être au service des Du Cerfeuil. Accomplir la promesse faite à Siméon : protéger le porteur des Saints Clous.

– Décidément, soupira-t-elle. Toute cette histoire est...

– Est le passé de votre famille. C'est votre avenir et celui de votre fille.

– Voulez-vous un peu de chocolat chaud ?

– Je vais me contenter de mon tabac, merci à vous.

Armande prit le temps d'installer Hortense dans la maison, de lancer un feu dans l'âtre pour ensuite aller traire Mabelle, avant de revenir l'installer confortablement dans la grange. Elle trouva son hôte jouant avec les mains de sa fille qui riait aux éclats.

– Vous avez une belle demeure. Avec un beau passé. Douloureux et magnifique à la fois. La Commanderie est vide depuis 1705. La famille qui a spolié la vôtre n'a connu que des malheurs : chaque mâle finissait par mourir dès qu'il devenait propriétaire. Déclarée maudite, elle a été abandonnée. Puis, oubliée. En 1793, en pleine guerre de Vendée, une folle rumeur a circulé disant que les Templiers y avaient caché leur or. Vous connaissez l'efficacité d'une rumeur. Les Nazis ont fouillé aussi. En vain. Vous avez de la chance qu'il reste les murs parce que la frénésie en a gagné plus d'un.

– Et maintenant, il faut reboucher.

On entendit un crissement de pneus devant la Commanderie.

– Ah, vous êtes là ? Alors ? La maison ? Vous avez pu l'avoir ?

Tandis qu'elle acquiesçait, elle vit descendre de la camionnette un homme de très grande taille, mince, glabre. Il la salua la main sur le cœur.

– Ismaël, mon aide.

– Armande Dieumerci qui a besoin d'aide, répliqua-t-elle du tac au tac.

– Ah ah ?

– J'ai beaucoup de travaux à effectuer : reboucher les trous, mettre en place des conduits de cheminée, aménager la grange, monter des meubles, des fenêtres à faire poser au deuxième étage.

Le brocanteur siffla d'admiration, commenta, conseilla, tandis qu'Ismaël restait en retrait. Le vieil homme, lui, s'était volatilisé. Le lendemain, Ismaël se présenta seul

– Je peux peut-être vous aider, proposa-t-il après l'avoir saluée.

– Venez.

Ils pénétrèrent dans la grange en premier.

– Je voudrais installer une herboristerie et une librairie de livres anciens, ici. Mais il y a Mabelle. Il faut lui trouver un abri, dégager et stocker le foin et la paille. Après, il faut assainir les murs, puis poser les étagères, les bibliothèques et tout le reste.

L'homme fit le tour de la grange du regard.

– La vache est belle.

– D'où son prénom.

Il lui sourit.

– Les animaux sont précieux. Sans eux, nous ne serions rien.

Elle le conduisit ensuite dans le bâtiment principal. Il gravit les escaliers et constata les dégâts à chaque étage. Il ne put s'empêcher de l'interroger du regard.

– La Commanderie a été fondée par des Croisés. Au fil des siècles, on a dit qu'il y avait un trésor caché.

Il secoua la tête d'un air dépité.

– Les hommes sont devenus cupides et avares. Jaloux des biens de l'autre alors que le bien le plus précieux, ils l'ont sous les yeux. Mes parents m'ont raconté que l'origine de notre famille remontait à Hérode. Elle a fui les persécutions romaines de Palestine pour se réfugier dans le Sahara. Rien ne semble changer.

Une fois redescendus, elle lui offrit un thé qu'il accepta bien volontiers. Alors qu'il faisait le tour de la pièce comptant les trous et estimant les travaux, il sentit un regard posé sur lui. Lentement, il se retourna et fut pris d'une véritable stupéfaction. Armande le vit s'agenouiller devant sa fille et lui parler dans sa langue. Le ton était doux ; la voix, les mots créaient une mélodie qui ne s'adressait qu'à Hortense. Elle fixait l'homme, écoutait ce qu'il disait tout en caressant les oreilles de Poupette. Après un long moment, elle sourit enfin. Il se tourna alors vers Armande.

– Acceptez mon aide comme un dû. Je viens d'un pays où l'Autre est un autre Moi ; où donner est un geste normal ; où partager est nécessaire ; où aimer son prochain est le fondement de l'existence humaine. Le sage de mon village m'a envoyé dans votre pays : « Quand un regard blanc se posera sur toi, tu sauras que tu es arrivé ».

Poupette grogna son assentiment.

- Dans ce cas, partageons un thé.

Il lui sourit, s'installa sur une botte et dégusta un breuvage, au goût excellent. Hortense en profita, d'ailleurs, pour réclamer sa compote et son lait au miel tandis que Poupette rouspéta jusqu'à ce que ses croquettes fassent leur apparition. Ismaël et Armande dressèrent la liste du matériel dont il aurait besoin et convinrent de commencer à partir du quinze janvier.

– Il n'y a pas de serrure, vous pourrez entrer.

17

– Dieumerci ! Vous en faites une tête !

Armande leva les yeux de son ordinateur.

– Je suis concentrée.

– Mais oui, bien sûr et moi je suis la Reine des Neiges™. Entrez. Et embarquez Hortense. J'hésite encore, continua-t-elle, une carte de Bretagne étalée sur son bureau.

Nora remarqua qu'Armande n'avait pas compris.

– J'hésite, pour le nouveau cabinet. Dieumerci ! Réveillez-vous ! Vous ne croyez tout de même pas que je vais vous laisser en Bretagne au risque que vous preniez du retard dans votre travail ! Avec votre manie des secrets, vous êtes capable de vous transformer en je-sais-pas-quoi et d'oublier les dossiers. Et puis j'ai envie d'agrandir le cabinet. Un peu de nouveauté, de défi. Yvon s'est fait plein d'amis là-bas, j'ai un potentiel que je ne voudrais pas rater. Et je ne supporte plus la suffisance de Bruno. Il a raté les élections, mais parade comme un paon parce qu'il côtoie le ministre des Transports.

– Il côtoie le ministre parce qu'il est marié avec l'ex-femme de Monsieur Lescort-Poërt, rétorqua Armande. Et qu'il est passé de l'Agriculture aux Transports.

– Oui, hein, quelle quiche ! s'amusa Nora.

Armande ne sut pas de qui elle parlait, mais Poupette semblait d'accord.

– Bon, alors, je vais où ? Au départ, je voulais une grande ville, mais si le coursier doit avoir une heure de route entre vous et moi, ça ne va pas. Il me reste donc Loudéac ou Guémené.

– Guémené, déclara sans hésitation Armande.

– La ville de l'andouille ?

Les yeux de Nora riaient.

– La ville des Rohan-Guémené est plus proche de Carhaix.

Là où réside Yvon. Mais elle se retint de le préciser

– Je ne sais.

– Il y a pas mal de maisons à vendre dans la région.

Elle avait compris que Nora redoutait le quotidien. S'installer avec Yvon, c'était entrer dans une idée de couple et son corollaire : l'usure du couple. Armande n'avait pas connu cela, la cécité de Marin supprimant toute idée de routine.

– Oui, pis comme cela, je pourrai vous surveiller plus facilement. Qu'est-ce que tu en dis Hortense ?

La petite dormait dans les bras de sa maman.

– Super. Merci de ton soutien. Au moins, tu ne flatules pas.

Grognements.

Les deux femmes entreprirent de mettre au clair l'organisation future, Nora ayant tout prévu, même la scolarité d'Hortense.

– On prendra un précepteur pour combler ce qu'un établissement spécialisé ne pourra pas lui enseigner.

En sortant du bureau, Armande était épuisée d'avance. Pourtant, tout se fit dans la douceur. Ismaël reboucha et aida le menuisier à poser les quelques fenêtres manquantes. Phil, Guénolé, trois petits-enfants des Dieumerci, punis pour leurs résultats scolaires médiocres faute de travail, vinrent dépanner Armande pour vider la grange. Après avoir soulevé des bottes de foin par dizaines, avoir porté des planches plus lourdes les unes que les autres, avoir écouté les récits d'Ismaël leur racontant son quotidien au Sahara, ils se dirent que finalement, l'école, ce n'était pas si mal. Que le monde méritait d'être vu, protégé, mais que pour cela, il fallait un minimum de bagages. Ils apprécièrent aussi l'absence de jugement de la part d'Armande : pas de leçon de morale. On dit, on fait. Quant à Mabelle, elle eut un bel enclos construit par Ismaël à côté duquel on monta un abri pour le foin et la paille.

Les Maisondieu ne restèrent pas en retrait. Discrètement, ils avaient contacté Mathilde pour savoir ce qu'ils pouvaient faire pour Armande. Elle eut alors une idée « de génie » selon Nathanaël : faire encadrer l'arbre généalogique et le rendre ainsi visible à tous ceux qui entreraient dans la Commanderie.

C'est ce présent que Mathilde, accompagnée de son mari, de Gustave et de Marc-Antoine, apporta à sa fille.

– C'est nous ! cria une voix.

Armande, cheveux en pagaille, sortit de la maison.

– Surprise ! entonnèrent quatre voix.

Ils l'embrassèrent chaleureusement, à l'exception de Gustave qui se contenta d'un « Madame Armande, je suis bien aise de vous revoir ».

– Non, mais lui ! Depuis qu'il sait que tu as du sang de chevalier dans les veines, on le retient plus.

– Je vous présente Ismaël.

Vêtu selon la coutume de son pays, ils virent apparaître un Touareg qui les salua la main sur le cœur.

– Aujourd'hui, c'est dimanche. Ismaël est venu en ami.

– Eh ben, ça, c'est bien. Si monsieur acceptait de nous aider, on pourrait t'installer ton cadeau maintenant.

Armande les vit sortir un échafaudage qu'ils montèrent avant de déjeuner. Puis, après un repas de roi, concocté par une Mathilde qui ne quittait pas sa petite fille, ils suspendirent l'arbre. Ils assemblèrent d'abord les planches, déroulèrent le parchemin, le glissèrent à l'intérieur et enfin, à la lumière de la bougie, il fut accroché.

– Ouah, ça pète !

– Gustave, je doute que ce soit un langage approprié, rouspéta faussement Marc-Antoine. Tu n'as pas encore l'électricité ?

– Bientôt. Il a commencé par la partie du fond. Vous avez fait une folie.

– Nous n'y sommes pour rien, lui répondit sa mère.

– Les Maisondieu, comprit Armande.

– Oui.

– Bon, on déballera le reste demain. Il se fait tard, il est temps d'aller au gîte.

Ils laissèrent Armande subjuguée par l'étalement de son passé. Sortant de son rêve, elle prit le chemin de son gîte, accompagnée d'Ismaël, très impressionné, mais pas étonné. Comme si tout cela était normal, le destin en quelque sorte.

Le lendemain, Mathilde et Jean prirent les mesures d'Hortense ; Marc-Antoine et Gustave, celles des conduits.

– Pour la grande cheminée, tu vas faire comment ?

– Je la laisse. Je vais m'en servir pour faire chauffer les repas en attendant ma cuisinière à bois. Je pourrais garder ton échafaudage afin d'en nettoyer les contrecœurs et les linteaux ?

– Pas de souci. On le récupérera quand on te livrera tes poêles. Tu sais, lui dit-il en partant, tu possèdes une maison digne des Du Cerfeuil. Ton grand-père serait fier de toi. Même si tu ne sais pas cuire… ajouta-t-il en éclatant de rire.

Sa famille resta quelques jours, le temps de profiter d'Hortense, de Mabelle, de Poupette ; d'apprendre où en était l'avancée des cartons, quels seraient les prochains travaux, comment se déroulaient ses cours ; et le temps de visiter la région. La chapelle de Siméon s'offrit à leurs yeux un matin un peu brumeux.

– Elle est magnifique.

– Son histoire est magnifique.

Quand elle eut fini de conter, ils cherchèrent tous où pouvaient bien se trouver les Clous.

– L'essentiel n'est pas là, commenta Mathilde, l'essentiel est le pardon qui lui a été donné.

– Ouais, ben n'empêche, quand on dit que la Bretagne est terre de légendes, on est loin du compte !

18

– Alors, vous vous en sortez ?

Perchée sur son échafaudage, Armande ne l'avait pas entendu entrer.

– Oh ! Bonjour. Oui, je nettoie. Le ramoneur m'a conseillée de le faire pour pouvoir allumer un vrai feu. J'avance bien. J'ai nettoyé le manteau sur lequel j'ai dégagé une inscription qui apparaît légèrement, une phrase qui mentionne Dieu. Là, j'attaque le conduit. Malgré les ans, la suie part toute seule.

– Attention, à ne pas vous brûler !

– Très drôle, s'amusa-t-elle.

– Vous me parlez ?

– Hein ? Ah, non, pardon, Ismaël. Je parlais à... Ben, il est passé où ?

– Qui ?

– Le monsieur qui était là.

Il la regarda, intrigué.

– Il n'y a personne à part vous et moi.

– Ismaël, je ne suis pas idiote. Je ne parle pas seule.

Il se tut puis ajouta.

– Dans mon pays, on dit que certains ont la faculté de parler aux âmes.

– Ismaël, je ne parle pas...

Elle fut interrompue par l'arrivée tonitruante d'Yvon et Nora.

– C'est tonton Yvon !

Nora leva les yeux au Ciel.

– Mais enfin ! Yvon !

– Quoi ! Hein, Hortense que je suis tonton Yvon ? Mazette ! Vous tenez à nous impressionner ?

Ils étaient face à l'arbre des Du Cerfeuil.

– Une idée de maman et des Maisondieu.

– Brillante. Bonjour Ismaël.

Il salua.

– Dieumerci ! Mais...

– Quoi ?

– Rien, vous avez de la suie partout. Normal, j'imagine.

– Je nettoie la cheminée.

– Mais bien sûr...

– Stop ! Point de discussion superflue ! Lavez votre frimousse et venez fêter avec nous l'ouverture du nouveau cabinet-conseil Kowalski à Guémené !

Ils se précipitèrent dehors avec Hortense et Poupette pour déballer leurs affaires.

Armande descendit les quelques marches quand, perdant l'équilibre sur la dernière, elle se rattrapa au linteau.

– Aïe !

C'était la deuxième fois qu'elle se faisait mal. Elle chercha l'objet du délit, mais ne découvrit aucune aspérité. Laissant courir sa main, elle poursuivit sa quête et se brûla de nouveau.

– Mais !

Elle prit alors une lampe à pétrole, l'alluma et se mit à scruter avec attention le linteau. Caressant le bois, par trois fois, elle se brûla. Soudain, elle comprit. Ils étaient là, plantés dans le chêne, éternels au temps.

– Vous comprenez maintenant, fit une voix dans son dos.

Elle avait les larmes aux yeux.

– Qui êtes-vous ? balbutia-t-elle regardant le vieil homme.

– Vous me connaissez, répondit le vieil homme. Le premier mort de l'année.

Elle le regarda attentivement.

– Amaury, murmura-t-elle.

La barbe et les cheveux blancs brunirent. Le dos se redressa. Les yeux bleus s'illuminèrent tandis qu'un large sourire éclaira son visage.

– Bienvenue à la maison, Armande.

Au loin, on entendit le rire cristallin d'Hortense. Huit cents ans plus tard, la promesse était tenue. « A Dieu ne veuille ».